クリスティー文庫
99

# アガサ・クリスティー99の謎

早川書房編集部・編

# 目次

伝記的事柄

趣味・その他

ポアロ

トミーとタペンス・他



作品全般

# アガサ・クリスティー99の謎

# 1　アガサの生まれた町の名は？

トーキイ（Torquay）。イングランドの南西部、デヴォン州のイギリス海峡に面する保養地。このあたりの海岸は「イングリッシュ・リヴィエラ」として知られ、多くの観光客をあつめていた。

アガサは一八九〇年九月十五日、この町に生まれ、結婚するまでここのアッシュフィールド荘と呼ばれる家で暮らした。トーキイは名を変えて彼女の作品中にしばしば登場する。

トーキイのTorは岩山の頂を、quayは波止場とか、埠頭を意味するが、『アガサ・クリスティー自伝』にアガサは「水泳はわたしの人生にとっての楽しみの一つだった」と書いている。彼女の幼いころ、ここの浜辺には海水浴客の女性のための特別入江なるものがあって、脱衣車が八台置かれ、女性はこの窮屈な車の中でそそくさと水着に着替えて管理人が脱衣車を海中に引きこんでくれるのを待ったとか。水着姿での日光浴などは問題外だったらしく、男女混合海水浴が市議会で認可されたと特筆されている。

トーキイのクリスティー像

トーキイの町

# 2 アガサの両親はどんな人だったか？

純イギリス婦人の典型のようなアガサ・クリスティーだが、その父親は意外にもアメリカ人である。

アガサの父フレデリック・ミラーと母クラリッサ（クララ）・ベーマーは、いとこ同士にあたる。少々ややこしいが、クララの母メアリー・アンと、フレデリックの継母マーガレットが姉妹にあたるのである。したがって直接の血縁のつながりはない。若くして夫を失ったクララの母メアリー・アンは、娘のクララを妹であるマーガレットのもとに預けていた。いっぽう、生母の死後はアメリカの祖父母の下で育てられていたフレデリックは、父がマーガレットと再婚後にイギリスに定住するとそこを訪ね、クララと出会った、というわけである。

フレデリックは、とくに職業を持たない階級の男だった。もっぱら社交生活を楽しみ、パーティ、観劇、音楽や美術鑑賞、スポーツなどに時間を費やす。一族の財産で、莫大

母クララ

父フレデリック

ではないが充分な収入があったのだ。二人は一八七八年四月に結婚している。フレデリック三十二歳、クララ二十四歳。翌年にはトーキイで長女マッジが生まれ、まもなく一家はアメリカへ移る。長男モンティがニューヨークで一八八〇年に生まれ、その後一家は再びイギリスに戻った。居を構えたのがトーキイの屋敷〈アッシュフィールド〉で、そこで一八九〇年九月十五日に三人きょうだいの末っ子としてアガサが生まれたのである。

　その後、父の財産は失われる。主に管財人の失策だったというが、職業的な訓練を受けていなかった父はそのことに対処できないまま、一九〇一年に死去。一家の財政はひどく悪化していった。このときアガサは十一歳だった。

# 3 アガサは何人きょうだい？

前ページにあるように、アガサは三人きょうだいの末っ子。長女マッジは一八七九年生まれ。長男モンティは一八八〇年生まれ。そしてアガサが一八九〇年生まれ。姉とは十一歳、兄とも十歳と、かなりの年齢差がある。

この年齢差ゆえか、アガサは自伝のなかで、子供のころの姉や兄のことはほとんど覚えていないと語っている。アガサが物心ついたころには、二人とも寄宿学校に行っていたせいだろう。

姉のマッジは、やがて学校を終えて家に戻る。話し上手な彼女は、アガサには優しく接したようだが、幼いアガサを怖がらせる「上の姉」という遊びも好んだ。マッジが、実在しない恐ろしい〈姉〉の声を演じるこの遊びが、アガサに恐怖の感覚を教え、後年ミステリの女王となる基礎を築いたのかもしれない。マッジは父が亡くなった翌年の一九〇二年九月にジェームズ・ワッツと結婚したが、その後も生まれた子（アガサの甥に

兄モンティ

姉マッジ（右）

あたるジャック）を連れてしばしば里帰りしていた。一九五〇年八月に世を去るまで、アガサにとってはよき姉だった。

いっぽう兄のモンティには、幼いころはいじめられたという記憶が多かったようだ。彼はその年頃の男の子らしく、幼い妹には優しく接してはいなかったらしい。この兄はけっきょく学業を全うせず、軍に身を投じてアフリカへ去った。その後は貿易業に手を出したりもしたが、一九二九年九月にマルセイユで急死している。

〃しっかりものの姉〃〃変人の兄〃ということなのだろう。

# 4 アガサは学校に行かなかった？

アガサの両親は、彼女が学齢に達した際、学校教育の枠にはめ込まず、家庭で育てることにした。アガサは兄や姉のおさがりの本をはじめ、自宅にあったさまざまな本を読み漁り、保母兼家庭教師からフランス語を学び、両親が招く客人や使用人などの大人たちの会話に耳を澄ませた。『運命の裏木戸』の中で、アガサはタペンスに自らの心情をたくして、五歳のころにはもう本を読んでいたこと、読めればそれでよかったのでスペリングがあやふやなこと、父親からは算数を教わったことなどを語っている。アガサの型にはまらない自由な発想は正規の教育を受けていないことからきているのかもしれない。ちなみに、当時アガサが読んだと思われる児童書は、同じ『運命の裏木戸』の中にも多数紹介されている。

はじめて学校生活を経験したのは十五歳のとき。まずは集団生活に慣れるため、トーキイの私塾に週二回通って代数や文法を学んだ。ここには一年半ほど通い、その後は姉もかつて通ったパリの寄宿学校（女子のたしなみを教える）に留学した。このころの体験がミス・マープルの寄宿学校時代の友人が事件に巻き込まれる『魔術の殺人』に活かされている。まもなくアガサはこの寄宿学校からやはりパリにあるイギリス系の学校に移り、さらにイギリス人女性が主催する音楽や演劇などを教える学校に転校した。五歳からダンス教室に通い、六歳からピアノの手ほどきを受けていた彼女は、この学校で専門のピアノ教師と声楽教師について音楽方面の才能を開花させる。一時は本気で音楽家を目指したが、引っこみ思案な性格から人前での演奏を苦手とし、音楽家への夢をあきらめたのだった。もし音楽家になっていたら……この偉大な作家は誕生していなかったかもしれない。

アガサにいろいろなことを教えてくれた“ばあや”

# 5 幼いアガサが大好きだった遊びは？

姉や兄は遊び相手でなく、アガサの遊び相手はもっぱら〝ばあや〟らの使用人だった。さらに長じても学校に通わなかったアガサは、もっぱら一人で遊んでいたようだ。その彼女の遊び場に最適だったのが、生家アッシュフィールド荘の庭だ。

アガサ自身の言を借りれば、この庭は三つに分かれていた。第一は道路に接した菜園で、ここは幼いアガサには興味のない場所だった。それから、下り斜面の芝生にさまざまな興味深いもの……ヒイラギ、ヒマラヤスギ、セコイヤ、モミなどの樹が点在する〝本来の庭〟、そして「ニュー・フォレストの森ぐらいにのしかかるほど大きい」林があった。最晩年の作品『運命の裏木戸』には、これらの思い出に彩られたアッシュフィールド荘が舞台として取り入れられている。

こうした〝お庭遊び〟と、屋内の〝ごっこ遊び〟が、幼いアガサの好きな遊びだった。ちなみに、当時の良家の子女が必ずした〝お散歩〟は嫌いだったそうだ。そして読書。

父と愛犬トニーとアガサ、アッシュフィールドの庭で

アガサも遊んだ木馬トルーラヴ

アガサはとくに教育もされないうちに、絵本に接することで文字の読み方を自然に覚えたという。
　こうした一人遊びは、自然にアガサの想像力を発達させる。彼女は、飼っていたカナリヤや犬、さらには自分自身を登場人物にしたストーリーを作り上げたり、また架空の友人たちを作り上げて空想上の〈学校〉を考え出し、友達づきあいをしていたともいう。栴檀《せんだん》は双葉よりかんばし、後年のアガサを髣髴《ほうふつ》させるエピソードだ。

# 6 若き日のアガサ・クリスティーはどんな将来を夢見ていたのか？

『自伝』によると、パリの寄宿学校に在学していたころ、アガサはピアニストになりたいと思っていたらしい。声楽のレッスンも好きだったが、歌手になるとしたらオペラで歌いたかったし、内気な自分がその方面で傑出できるとは考えられなかった。ピアニストになりたいという希望も、「あなたは聴衆の前で演奏して成功するタイプではない」という教師の意見を聞いて、結局あきらめることになった。

ものを書きになってもいいなと考えたのは、もう少し後のことだったようだ。インフルエンザの回復期の所在なさを紛らすために小説を書いてみてはと母親が勧めたのであった。

『マン島の黄金』に収められている「孤独な神さま」は初期の習作の一つである。短篇だけでなく、長篇小説も書きはじめた娘に、母親は一家の友人の作家イーデン・フィルポッツに作品を読んでもらうことを提案した。

　フィルポッツは彼女の小説を読み、たいへん懇切に具体的な助言をして励ましてくれ、自分のエージェントに紹介した。このときの小説はその後、エージェントから送り返されてきたが、『スタイルズ荘の怪事件』以後、アガサが一切を任せることになったエドマンド・コークはフィルポッツが昔紹介したエージェントの後継者で、以後、アガサの作品を一手に扱うことになった。

カット／中村銀子

# 7 アガサが学んだ外国語は？

十五歳になるとアガサは、フランスの寄宿学校へ入学する。それまでの母子だけの生活を改めたいと母クララが考えたせいだろう。まず、姉のマッジがかつて寄宿した学校（自伝ではT女史の学校と記されている）に入るが、ここは母の気に入らず、すぐにオートイユにあったミス・ホッグのマロニエという学校へ移り、さらには凱旋門の近くのミス・ドライデンの学校へと転校する。

フランスの学校で教師を驚かせたのは、アガサの書き取りテストの点数だった。フランス語を話すのは上手なのに、書くほうの彼女の点数は惨憺たるものだったのである。

アガサがフランス語を覚えたのは、フランスのポーで一家が暮らしていた七〜八歳のころに、母が雇い入れた家庭教師マリー・シジェからだ。もっとも彼女は、母や姉がよく利用した町の洋裁店につとめていた娘で、とくに教師の資格は持っていなかった。アガサにフランス語を学ばせたいと考えていた母は、ほとんど直感でこの娘を適任と見抜き、雇い入れてイギリスへも連れ帰った。当時二十二歳のマリーはまったく英語が話せなかったことが、かえって好都合だったのだろう。アガサ自身も当初は言葉の通じない相手に戸惑ったようだが、やがてコミュニケーションが取れるようになると、二人はまたとない親友となった。こうしてアガサはフランス語の〝流暢な会話〟を身に付けたのだが、当然のようにフランス語の他の点はまったく学ばなかった。

こうしてアガサのフランス語の点数は、文学や暗誦ではトップクラス、一方、文法や綴り方では最低クラスと、まことに教師を戸惑わせるものになったのである。

パリ留学時代

# 8 アガサが師事した作家は？

イーデン・フィルポッツ。ミステリ読者には『赤毛のレドメイン家』の著者として、そして当時は、普通小説の作家として名声を博していた有名人である。偶然にも彼はアガサの家の隣人だった。アガサがはじめて書いた小説は、彼女がそのころ好きだった小説の影響からミステリではなく、普通小説だった。いくつかの短篇を書き、いよいよ長篇に乗り出したアガサに、母親はフィルポッツに助言を求めることを勧めた。アガサの文学習作『砂漠の雪』を見ることを快く引き受けたフィルポッツは、彼女に次のようなアドバイスを贈っている。

あなたは会話にすぐれた感覚をもっている。でも、はつらつとした自然な会話に忠実なものであってほしい。読者にとって退屈きわまりない道徳的説明をすべて切り捨てる努力をしなさい。作中の登場人物への余計な干渉を控えて、読者に会話の意味を説明しないこと。それは読者の判断に任すべきだ。この小説には、プロットが一つあればいいところに二つもあるが、これは初心者にありがちな過ちで、今にこのように浪費的な筋の無駄遣いは頼まれてもしなくなるだろう。わたしは自分の著作権エージェントに手紙を出して、この小説を批評してもらい、採用できるかどうか聞くけれど、最初の小説が採用されることは容易ではないのだから、不採用でも落胆しないこと。

そしてフィルポッツは、末尾で、彼女の語彙を増やす本と、記述のしかたと自然描写の参考になる本を紹介し、その後も折に触れて、彼女を励ました。二人の交友は続き、晴れて作家となったアガサは、『邪悪の家』をフィルポッツに捧げている。

イーデン・フィルポッツ

# 9 アガサが社交界にデビューした場所は？

アガサが学校を終えてまもなくの一九一〇年頃、母クララは病気にかかる。医師の診断ははっきりせず、クララは医者を当てにせずに転地療養で問題を解決することにした。向かった先はエジプトである。現在では想像しにくいが、当時のエジプトや中近東の国国はほとんどがイギリスやフランスの領土で、定期船が往復し、気軽に出かけられる土地だったのだ。なかでもエジプトには、英軍が駐留し、イギリス人が多く滞在する有名なホテルも多く、英国婦人の社交組織もあった。姉のマッジはニューヨークで社交界デビューしていたが、この頃のクララにはアガサをロンドンでデビューさせるほどの経済的余裕もなかったため、比較的安上がりで済むエジプトでの社交界デビューは好都合。ここで交友関係を広げれば、ひょっとすると将来の夫と知り合えるかもしれない。

母娘は海路カイロへ向かい、ジェジーラ・パレス・ホテルへ投宿。ここで約三ヵ月滞在する間に、アガサは五十回以上のダンス・パーティに出かけ、競馬やポロ、軍事演習や観兵式を見物し、砂漠でピクニックを楽しみ、ゆったりとティー・パーティで午後を過ごした。のちにアガサは考古学や古代遺跡に精通することになるのだが、この当時はまだツタンカーメンの遺跡の発見でエジプトが脚光を浴びるより前であり、ピラミッドやスフィンクスは見物したもののカイロ博物館にもさほどの興味は示さなかったという。

このエジプト滞在中にアガサは多くの若い軍人たちと知り合い、帰国後にそれらをベースに交友関係を広げた。これが社交界デビューというものなのであった。

“社交界デビュー” のアガサ（エジプト）

# 10 アガサはスポーツ好き、冒険好きだった？

聡明な女流作家然とした肖像写真や人前が苦手で内気といわれる性格から想像すると、アガサ・クリスティーはスポーツや冒険とはおよそ無縁に思えるが、じつは活発で体を動かすことが好きだったようだ。

一番好きだったのは水泳。海辺の町で生まれたアガサは、娘の頃から海水浴が大好きで、女友だちとよく泳いだ。夫のアーチーとの世界一周旅行の際は、浜辺を見つけるとすぐに水着に着がえて海に入ったし、ハワイではサーフィンに夢中になった。水泳は中高年になっても機会があれば楽しんでいた。その他にはゴルフとテニスをやり、乗馬もできたし、ローラースケートに興じたこともある。

車や汽車や飛行機などスピードの出る乗り物も大好きだった。まだ旅客機も戦闘機もなかった第一世界大戦前の航空ショーで、母親にせがんで安くない料金を払って飛行機に試乗したことがある。もっとも旅客機は列車に較べて乗り心地がよくないという理由

ローラースケートを履いてトーキイの桟橋に立つアガサ（中央）

で好まなかった。第二次世界大戦前はまだ大衆化していなかった自動車にも娘時代から興味があり、作家としてある程度成功を収め、余裕ができると早速車を購入した。最初の車は「小型で直立型、ししっ鼻の」モーリス・カウリーだった。二年後、有名な失踪事件のさいに、アガサがそれに乗って自宅を出て、乗り捨ててあるのを発見された車が、このモーリスである。それにも懲りず、クリスティーはその後も何台もすてきな車を買い替えた。

女子が水泳することも、ローラースケートも、自動車、飛行機、急行列車もすべて二十世紀になって流行り始めたものだ。そうした新しい遊びや乗り物に好奇心いっぱいで取り組んだのが、アガサ・クリスティーだった。

# 11 なぜ毒薬の知識が豊富なのか？

クリスティーの作品中、殺害手段として多く用いられているのは、もちろん毒殺。実際クリスティーは、〝毒殺の女王〟といっても差しつかえないほど、さまざまな毒殺事件を書いた。ところで、クリスティーは複雑でやっかいな毒薬に関する知識をどこで身に付けたのだろう？

第一次世界大戦が始まると、アガサは故郷トーキイの篤志看護婦隊支部へ志願し、陸軍病院に勤務して傷病兵の看護に当たった。戦争勃発直後にアガサはアーチボルド・クリスティーと結婚したが、軍人の夫は戦地におり、大戦中の数年間、毎日アガサは自宅と病院を往復して過ごしたのである。

一九一六年からは病院に新しく開設された薬局へ移り、ここで二年間働いた。そこで助手として働くかたわら、薬剤師の資格を得るために薬剤師試験の受験勉強に精を出した。もともとアガサは数学の才能があり、分類やリスト作りが得意で、分量や割合についての感覚が鋭かった。しかし、自分でする勉強だけでは限界があるので、日曜日には町の薬局の店主から個人指導を受けた。この店主というのが、「強くなったような気がする」という理由からいつも劇薬をポケットに持ち歩いている奇妙な人物で、後に『蒼ざめた馬』に登場する薬局店主のモデルとなっている。この二年間の勉強と病院での実地経験によってクリスティーは毒薬、劇薬にかんして専門家はだしの知識を得たのである。

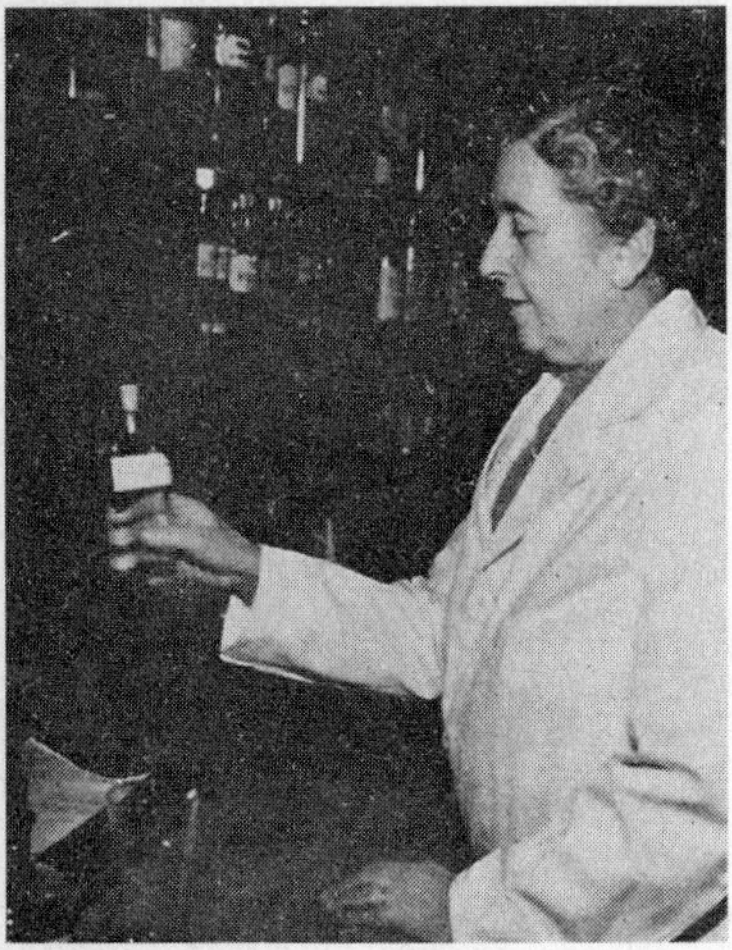
第二次世界大戦中、大学病院に勤務するアガサ

第二次世界大戦中もクリスティーは志願してロンドンの大学病院で働き、意識的に新しい薬についての知識を吸収しようとした。

またガーデニングが好きだったクリスティーは毒草についての知識も豊富だった。

# 12

## アガサがミステリを書くきっかけは？

幼いころ、アガサは、姉のマッジの手ほどきでシャーロック・ホームズの物語を読み、アンナ・キャサリン・グリーンの『リーヴンワース事件』に夢中になり、その後も姉に従って、アルセーヌ・ルパンの物語や、アーサー・モリスンの『マーティン・ヒューイットの事件簿』を楽しみ、とくに当時英訳版が発売されたばかりだったガストン・ルルーの『黄色い部屋の秘密』に魅了された。アガサとマッジは、この『黄色い部屋の秘密』について激しく意見を闘わせ、ついにはこの本は傑作であるという結論に達したという。すっかり感激したアガサは、探偵小説を書いてみたいとマッジに言った。すると姉は「書くのはとってもむずかしいのよ。あなたにはできっこない。賭けてもいいわ」と答えた。このときこそが、アガサがミステリの執筆を志す種が蒔かれた瞬間だったと、のちにアガサは『自伝』の中で語っている。

ちなみに三作目にあたる『ゴルフ場殺人事件』は、アガサ自身、ホームズの伝統より

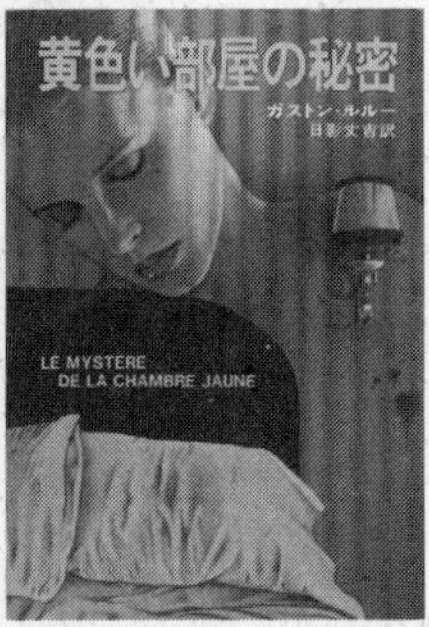

も『黄色い部屋の秘密』の影響を強く受けていると述べている。そして、名探偵ポアロの創造に関しても、ホームズに張り合うには気が引けるし、ルパンでは犯罪者か探偵かはっきりせず自分の性に合わない。『黄色い部屋の秘密』の探偵役、若き新聞記者ルウルタビイユが自分のもっとも作りだしたい人物なのだが……と、大いに参考にしているのだ。

さて、アガサが実際にミステリを書きはじめたのは、結婚後、戦時下で病院の薬局勤めをしていたときだった。一九一六年、調剤所にひとり座りつづける暇な午後、アガサは職業を生かしてミステリを書くことを思いついた。当然のごとく毒殺事件を扱った話だった。それこそが、アガサのデビュー作『スタイルズ荘の怪事件』である。

# 13 ミステリのアイディアを考えるお気に入りの場所は？

クリスティーは多作家である。プロットに困ったことはないようで、実際フランシス・ウィンダムのインタビュー（『新版アガサ・クリスティー読本』）には「本当に、わたしって、ソーセージ用の挽肉機みたいに、信じがたいほど何でも、すぐにひねりだしてしまうの。まったく挽肉機だわ。どこかで終わりにしなくては、といつも思っていながら、次の作品にとりかかって、また何か新しいことをひねりだすのがそう大変でないとわかると、うれしくなって」と述べている。

おそらくクリスティーにとっては、街なかで誰かの仕草を見ていても、あるいは一人で料理を作っているときでも、ふとミステリのアイディアを思い付くのだろう。つまりどこでもアイディアを考えられるという、うらやましい才能の持ち主なのだが、ただ一つだけと限定するなら、お気に入りの場所は風呂場となろう。つまりバスタブにつかってリンゴをかじりながらアイディアを練るのが一番好きというわけである。

クリスティーはマスコミとはほとんど接触しなかったから、彼女の面白いエピソードには俗説が多い。クリスティーが再婚した考古学者の夫マローワンについて「考古学者というのは理想的な夫ですわ。奥さんが歳をとればとるほど高い値打ちをつけてくれますもの」と述べたという有名なジョークも、クリスティーは全面的に否定している。バスタブの中でリンゴをかじりながらアイディアを考えるというエピソードも、ひょっとすると俗説といわれそうだが、これは、一九五六年五月一四日号の雑誌《ライフ》に掲載されたナイジェル・デニスの長文のエッセー「淑やかな犯罪の女王」の冒頭に書かれているので、まず間違いではないはずだ。

カット／つのださとし

# 14 アガサが結婚相手にアーチボルド・クリスティーを選んだ理由は？

うつくしく魅力的な乙女に生い立ったアガサが社交界にデビューすると、多くの男性が彼女に惹かれ、プロポーズした者も何人かいたらしい。そのうちの一人で、少女時代の友だちの兄のレジー・ルーシーと婚約した矢先、アガサは一九一二年の秋、知人の屋敷で催されたダンス・パーティでアーチボルド・クリスティー（アーチー）に紹介された。このときアガサは二十二歳。アーチーは二十三歳の砲兵隊の将校で、職業軍人という点ではレジーと同じだったが、飛行機乗りを目指していて、のんびり屋のレジーとは対照的に冒険を追い求める野心家だった。

アガサは後にメアリ・ウェストマコットの筆名で書いた『未完の肖像』と『愛の重さ』の二冊に、初対面のアーチーから彼女が強烈な印象を受けて、これまで会ったことのないあたらしいタイプの青年だと思ったことを記して、〝ストレンジャー〟という表現を用いている。〝異星人〟といってもいいかもしれない。

アーチーも一目でアガサに惹かれ、数週間後にプロポーズをした。アガサも彼との結婚を切望してレジーとの婚約を解消するが、経済的基盤の乏しさを理由にアガサの母親が二人の結婚に反対し、若い二人は結局妥協せざるをえなかった。意に満たぬ婚約期間のさなかに第一次世界大戦が勃発してアーチーは航空隊に配属されて出征、最初の賜暇を得て帰還した際、アガサの母親の同意を得ないままに結婚式をあげた。一九一四年のクリスマス・イヴのことだった。

夫アーチー・クリスティーとともに（1919）

# 15 クリスティー夫妻は新婚旅行にどこへ行ったか？

第一次世界大戦は一九一四年八月に勃発。アガサ・ミラーとアーチボルド（アーチー）・クリスティーはその年のクリスマス・イヴにロンドンの教会で結婚した。英国飛行中隊に所属するアーチーの短い賜暇を利用してのあわただしい結婚式だった。その後、夫はすぐさま戦地へ、アガサは故郷のトーキイで病院勤務というわけで、新婚旅行などという悠長なことはしていられなかった。

それから九年後の一九二三年、大英博覧会の宣伝使節の一人としてアーチーは妻を伴って、世界一周旅行に出た。一月にイギリスを出発し、南アフリカ、オーストラリア、ニュージーランド、ハワイ、カナダ、アメリカを歴訪して、帰国が十二月というほぼ一年にわたる大旅行だった。この旅行の最中、アーチーとアガサは一ヵ月間休暇をとって、ハワイのホノルルで水入らずの暮らしを楽しんだ。これが事実上の二人のハネムーンだった。二人はワイキキの浜辺に近いところに専用のコテージを借り、毎日サーフィンに

ハワイ、ホノルルにて

明け暮れた。アガサはサーフボードを漕ぎすぎて、左腕に神経炎を患うほどだった。なんとクリスティー夫妻の新婚旅行はハワイだったのだ。

一九三〇年、四十歳のときに、アガサは考古学者マックス・マローワンと再婚。エディンバラの教会での結婚式だったが、このときも出席者はごく少数だった。アガサの結婚式は二度とも地味なものだった。しかし、こんどはちゃんと新婚旅行に行くことができた。イタリア、モンテネグロ、ギリシャを旅し、ヴェネツィアでゴンドラに乗ったり、人目を忍んで夜の浜辺で泳いだり、以前から見たかったデルフィの神殿を見物したりした。

# 16

## 失踪したアガサが発見された町の名は？

北ヨーク州のハロゲート。エドワード七世時代風のエレガントな保養地で交通の便もよく、多くの高級ホテルを擁し、魅力的な商店街を控えて裕福な階級に人気があり、今世紀の初めにはイギリス有数の保養地だった。

一九二六年十二月三日の夜、アガサはひそかに家を出て行方を絶った。『アクロイド殺し』の出版で新進の女流ミステリ作家として注目を浴びていた際でもあり、犯罪に巻きこまれたか、夫の不実に傷心して自殺をはかるのではないかと、マスコミがこの失踪事件を大々的に取り上げて連日の報道。警察も乗り出して全国的な大捜査が行なわれようとした折も折、ハロゲートの豪華なホテル、ハイドロ・パシフィックにアガサが夫の愛人の名で投宿しているところを発見された。とくに人目を避けようと努力している様子もなく、南アフリカからきた旅行者と称していた。

アガサ・クリスティーがハロゲートにいたという報道はこの地にマスコミの関心を集

め、記者たちは夫のクリスティー大佐の「一時的記憶喪失」という公式発表に疑惑をいだき、作家としての受けをねらうアガサの売名行為ではないかとさえ取り沙汰した。アガサは深く傷つき、以後、マスコミ嫌いが定着したといわれる。

二年後、離婚が成立し、アガサは作家として身を立てていく決心をする。

失踪し、発見された時のアガサ。ハロゲートのホテルを立ち去るところ

アガサが乗り捨てた愛車モーリス

# 17 アガサの結婚観は？

アガサの心のうちには、結婚は神の前で行なった神聖な誓約であって、人間が勝手にこわしてはならないという、信仰に近い思いがあった。彼女はまた、親は子どもにたいして安定した家庭を提供する義務があるという考えを強く持っていた。こうした考えは『未完の肖像』にはっきり表われている。

この考えのもとになっていたのは彼女自身の両親のあいだに見られた濃密な愛に根ざす、切っても切れないつながりで、父親にたいする母親のはげしいまでの愛を身近に見て育ったアガサにとって、離婚はぜったいに受け入れがたい状況であって、娘のロザリンドのためにも、自分のためにも、また夫自身の真の幸福のためにも、あらゆる手だてを尽くして破綻を避けようと決意していたらしい。

結婚という制度に固執する気持ちは離婚、再婚という生涯の転回点を通過したことでしだいに、愛そのものに深く思いをひそめようという態度に変わっていくが、アガサ本来の結婚観は生涯、変わらなかったのではないだろうか。

晩年の作品、『象は忘れない』（一九七二）や『スリーピング・マーダー』（一九七六）にもこうした考えのあとをたどることができるように思う。もっとも『スリーピング・マーダー』は実際には第二次大戦中に書きはじめられたものだった。

カット／中村銀子

# 18 失踪事件のあとアガサはどうなったか？

最愛の母クララの死、恋人ができた夫アーチーとの不仲、故郷トーキイのアッシュフィールド荘の孤独な後片づけ、そして有名な失踪事件の起きた一九二六年は、アガサにとってもっとも辛い年だった。

その傷心の癒えぬ一九二七年と二八年、作家クリスティーは最大の危機を迎える。それまでアイディアが枯渇することなく、筆もけして遅くないクリスティーだったが、母の死後は一語も書けない状態がつづいていた。夫とは別居中、八歳になった一人娘のロザリンドを抱え、貯えは底をついていた。二七年は親切なアーチーの兄キャンベルの提案で《スケッチ》誌に連載したポアロの連作短篇を『ビッグ4』としてまとめ、なんとか一冊は出版にこぎつけた。が、新作『青列車の秘密』がどうしても書けない。書く楽しさがなく、何の熱情もなかった。

「このときがわたしにとってアマチュアからプロへ転じた瞬間であった」と『自伝』で

クリスティーは回想している。「それは書きたくないときにも書くこと、あまり気に入ってもいないものでも書くこと、そしてとくによく書けていないものでも書くことだった。わたしは『青列車の秘密』がずっといやでたまらなかったが、書かねばならなかった。そして出版社へ届けた」

二八年に出版された『青列車の秘密』は、苦境のクリスティーをつねに励まし慰めてくれた恩人、カーロッタとピーターに捧げられている。カーロッタは秘書で終生の友人、ピーターは愛犬である。また『青列車の秘密』の最後の二行には当時のクリスティーの万感の思いが込められているように思われる。

娘ロザリンドとともに

# 19

## 二番目の夫マックス・マローワンはなにをしていた人？

やむを得ないのかもしれないが、日本でのマックス・マローワンは、やはり〝アガサ・クリスティーの二番目の夫〟というに過ぎないようである。だが、実際のマローワンは著名な考古学者である。

彼は一九〇四年の生まれだから、アガサよりも十五歳ほど年下だ。しごく英国的なアガサの父親はじつはアメリカ人だったが、英国紳士の典型のようなマックスにも、じつは英国人の血は一滴も流れていない。祖父はオーストリア人であり、父親フレデリックは若いうちに故国を離れてイギリスに移住したのだ。母親はパリ生まれのフランス人。

マックスは一九二五年、オックスフォードのニュー・カレッジを卒業すると、考古学者レナード・ウーリーに師事して有名なウルの発掘隊に加わる。一九二九年にその現場を訪れたのがアガサであり、二人は親交を深めて翌年には結婚した。

一九三二年から三八年までは大英博物館のために毎年アルパチヤ、チャガール・バザ

ウルの発掘用宿舎の前に立つマックス

ールのテルの発掘旅行を行ない、アガサはそのすべてに同行した。この発掘のようすは、アガサの『さあ、あなたの暮らしぶりを話して』に生き生きと描かれている。戦後はロンドン大学で考古学の教授を務め、一九五〇年代にはニムルドの発掘で中東に毎年のように赴いている（もちろん、アガサも同行している）。一九六八年にはナイトに叙せられ、一九七〇年には発掘旅行の集大成である著書『ニムルドとその遺物』を刊行している。

アガサの最後を看取ったのち再婚するが、一九七七年に自らの回想記『マローワン回想録』を刊行し、翌一九七八年に死去した。

# 20 アガサが考古学の発掘現場でしていたことは？

考古学者であった夫マックスに同行して、アガサは毎年のように中東へ発掘旅行に出ていた。マックスは、二人がはじめて出会った一九二九年当時はウーリー隊の手伝いだったが、その後かねてからの希望通り、自分の発掘隊を実現する。一九三三年春、イラクのアルパチヤでの墳丘発掘開始。スタッフは少数で、アガサもメンバーの一人だった。彼女は発掘現場の記録をつけ、発掘された遺物の図を作成した。もちろんアガサは、現場での暇を見つけてはきちんと執筆をした。ここで完成した『オリエント急行の殺人』には「アルパチヤのM・E・L・Mに、一九三三年」と献辞が添えられている。

一九三五年からはシリアのチャガール・バザールでの発掘が始まる。この間もアガサは、マニキュア用の道具を使って出土した陶器破片から泥を取り除き、写真を撮る作業をしていた。彼女は楽しんでいたようで、出土品に語りかけ、往時の人々の暮らしに思いをはせていた。一九三七年からの発掘には娘のロザリンドもふくめた多くの若者たちが参加していた。アガサはのちにそのようすを『さあ、あなたの暮らしぶりを話して』で語っている。第二次大戦のために、一九三八年の秋を最後にこの遠征は途切れた。

戦後、この発掘旅行は復活し、夫妻は毎年十二月から一月に英国を出発してバグダッドからニムルドへ行き、三月に帰国していた。この習慣はマックスのニムルドでの調査が終了する一九六〇年まで続く。マックスはこの成果をまとめ、一九七〇年に刊行した。

現在のイラクやシリアの情勢を見たら、アガサはどう思うだろうか？

発掘現場のアガサ（ニムルド）

# 21 メアリ・ウェストマコット名義のうち、アガサの実体験をもっとも反映している作品は？

何といっても『未完の肖像』（一九三四）。主人公シーリアの幼時の生活、両親について、父親の死後の母との暮らしなど、すべて実生活を下敷きにしている。とくにダーモットとの出会い、小説家としてのデビュー、母親の死、ダーモットの不倫とシーリアの懊悩は、『自伝』にはおぼろな輪郭しか伝えられていないこの間のアガサの心境をありありと伝えている。

同じくメアリ・ウェストマコット名義の前作、『愛の旋律』（一九三〇）は原題をGiant's Bread（『巨人の糧』）といい、人間という矮小ながら巨人の可能性を秘めている存在を描こうとした野心作だったが、この小説の中ではネルの戦時中の看護婦としての生活の描写に自伝的なものがうかがわれる。

『春にして君を離れ』（一九四四）についてはアガサ自身が、自分はこの物語のうちに推理小説以外の場でどうしても言っておきたかったことを書き、深い充足感を感じたと述懐しており、『未完の肖像』と合わせて読むともう一人のアガサが鮮やかに浮かび上がってくるのではないだろうか。

『暗い抱擁』（一九四七）には彼女の理想主義が、『娘は娘』（一九五二）には他人の生活への干渉が親子の関係を破綻に導く次第が、最後の『愛の重さ』（一九五六）にはアガサが中高年期に達した、ある悟りが記述されている。

# 22

## クリスティーの家に招待された唯一の日本人は？

一九二六年の謎の失踪事件以来、クリスティーはマスコミとの接触は極力避けてきた。晩年にはジュリアン・シモンズのインタビューを受けるなど多少軟化したようだが（一九六一年の《サンデー・タイムズ》に掲載）、一九七三年に松本清張氏が朝日新聞記者を介して対談を申し込んだ際も、すでに老齢だからという理由で断わっている。また一九五六年には長沼弘毅氏が日本探偵作家クラブの指輪を持ってロンドンに出向いたが、クリスティーの都合がつかないということで会見することはできなかった。

このように推理作家のクリスティーに会うことは至難の技だが、それに比べると考古学者の妻アガサに会うのは簡単であったようだ。日本人でも考古学者の江上波夫氏や日本画家の平山郁夫氏夫妻などは、イラクの発掘現場でクリスティーと面会している。

極端な恥ずかしがり屋であったクリスティーは、どうも公開の場への出席は苦手だったようだが、友人を自分の別荘グリーンウェイ・ハウスに招待することは気軽に行なっ

左 クリスティー、右 数藤康雄氏

ていたらしい。その証拠に、何回も熱烈な（？）ファンレターを書いていただけで、なんのコネも縁もない人間にも、別荘への招待状が届いたからである。一九七二年八月（クリスティーは当時八一歳）のことであった。

筆者（数藤康雄）が招待された唯一の日本人であるかどうかの証拠は、夫のマローワン氏から「グリーンウェイ・ハウスに滞在する初めての日本人だよ」といわれた言葉だけだが、まあ信じてほしいものである。

それにしても単なるクリスティー・ファンでしかなかった人間がなぜ招待されたのか、いまだに解けない謎であるが……。

# 23 アガサ・クリスティーの墓のあるところは?

クリスティーは一九七六年一月十二日、オックスフォード近郊の町ウォリングフォードの自宅ウィンターブルック・ハウスで、昼食をすませた後で静かに息をひきとった。質問の答、つまり墓のあるところは、ウィンターブルック・ハウス近くのチョールジー(Cholsey)のセント・メアリ教会墓地である。クリスティーは生前からこの教会墓地を希望していたそうだ。

チョールジーへの行き方は、ロンドンのパディントン駅からインターシティ(急行)に乗り、一つ目のレディング(Reading)駅でオックスフォード方面行きの各駅列車に乗り換え、四つ目の駅で降りる。日曜日などは降りる客はほとんどいない小さな駅だそうだから、乗り過ごさない注意が必要だろう。教会墓地へは、そこから徒歩約十五分で行ける。

墓石は、教会の裏手の墓地の右奥にある。分かりにくい場所にあるが、教会の入口に

アガサ・クリスティーの墓石

案内板がある。それをチェックすれば問題はないだろう。逆U字型の形状（高さ一・五メートル、横幅一メートル程度）で、碑文は、上部にはアガサ・メアリ・クラリサ・マローワンの名前があり、その下にはエドマンド・スペンサーの長詩の一節、

労苦の果ての眠り
荒海の果ての港
戦さの果ての憩い
生の果ての死は
大いなる喜びなり

が刻まれている。さらにその下には、クリスティーから約二年半後（一九七八年八月）に亡くなった夫マックス・マローワンの名前も後から付け加えられた。緑豊かで静かな教会墓地に立っている。

# 24

## アガサが好きだったペットは？

アガサ・クリスティーは生涯犬が大好きだった。最初の記憶にある犬は、スコッティという名のスコッチ・テリアの老犬だったが、アガサと乳母と散歩の途中、荷馬車に轢かれて死んでしまった。これは兄モンティの犬で、アッシュフィールド邸の庭の片隅にあった「代々の犬の墓」に埋められた。

アガサが最初に飼った犬は、五歳の誕生日に父からプレゼントされたヨークシャー・テリアのトニーだった。アガサは喜びのあまり口がきけなくなり、犬に背を向け、トイレに籠って幸せを噛みしめた。父は娘が犬に関心がないものと思ってがっかりした。このトニーと幼いアガサと父のフレデリックが自宅の庭で寛いでいる写真が、『自伝』の口絵に入っている。

おそらくアガサがもっとも愛した犬は、アガサがロザリンドにプレゼントし、アガサの愛犬となったワイア・ヘア・テリアのピーターだろう。失踪事件の後、傷心を負ったクリスティーを癒してくれたのはピーターだった。ピーターは階段の上までボールをくわえていって落とす遊びが好きで、『もの言えぬ証人』の犬ボブのモデルになっている。クリスティーはこの作品をピーターに捧げ、「千匹のなかの一匹の犬」と褒め称えている。

最晩年はトリークルとビンゴというマンチェスター・テリアを飼っていた。ビンゴは仔犬のときに恐ろしい経験をして、人を見るとだれかれ構わず嚙みつく犬だったが、アガサだけにはなついた。ビンゴは事実上の遺作となった『運命の裏木戸』で大活躍するハンニバルのモデルとなり、献辞を捧げられ、その写真はハードカバー版の裏表紙を飾った。

愛犬ビンゴとともに（晩年のクリスティー夫妻）

# 25 アガサの好物は?

食の名シーンといえば、『バートラム・ホテルにて』を忘れてはならない。なぜならこの作品は、冒頭のティー・タイムの場面のおかげで多くの人に愛されることとなったからである。マープルをはじめ昔ながらの英国婦人たちが味わう、バターたっぷりのマフィンや本物のシード・ケーキのなんとおいしそうなことか。ただしカロリーはとてつもなく高そうだが……。

このクリスティーの食へのこだわりは、晩年執筆した『自伝』を読むとよくわかる。なにしろ、最初の記憶が三歳の誕生会のケーキというところから始まって、兄との思い出といえば「いくつエクレアを食べていいか」という論議であるなど、よく覚えているわと感心させられるほど食の記憶にあふれているのだ。

あたたかいジャム・ペストリー、干しぶどう入りの甘パン、紫色のイチジク、チェリー・パイとクリーム、プディング・ディプロマティック(なんだこりゃ?)、タフ・ケーキ……などなど。子供時代のパートは二頁に一カ所、食べ物の話がかなり熱く語られている。

例をご覧になっておわかりの通り、彼女は甘い物がとにかく好きで、続いてプディングのような炭水化物のかたまりを好んで食べていたふしがある。クリスティーの好物は「炭水化物でできたぐちゃぐちゃしたもの」といえなくもない。

しかし、ただ一品だけ好物をあげるなら、やはりデヴォンシャー・クリームだそうだ。彼女は『自伝』の中で、こう書いている。「デヴォンシャー・クリームもたっぷり食べた（略）パンに載せて食べたり、スプーンでそのまま食べたりした。ところが！　今日ではデヴォンでも昔のようなデヴォンシャー・クリームにお目にかかれなくなってしまった——陶器のボールの中でミルクを煮立て、黄色い上ずみが浮くのを層にして取りだした、本当のクリーム。わたしの大好きなものは、昔も今も、そしておそらくこれからもずっと、クリームであることにまちがいない」

© Tadashi Oyama

# 26 アガサの好きな音楽は？

娘時代のクリスティーは、将来プロのピアニストか声楽家になりたいと思った時期があって、かなりの長い期間、専門の教師についてレッスンを受けた。一日七時間もピアノの前に座って、ショパンのエチュードやワルツ、幻想即興曲やバラード、ベートーベンのソナタ、フォーレの〈ロマンス〉、チャイコフスキーの〈舟歌〉などを練習したこともある。自分で書いた詩に曲をつけることもやって、彼女の作曲したワルツが一流バンドのレパートリーに採用されたこともあった。ピアノと声楽の両方ともプロになる夢は絶たれたが、クリスティーは生涯音楽を好んだ。

それだけに音楽に言及のあるミステリ作品も少なくない。例えば、ショパンの〈葬送行進曲〉が『ポアロのクリスマス』と『なぜ、エヴァンズに頼まなかったのか？』に、ワグナーの〈ニーベルングの指輪〉が『フランクフルトへの乗客』に、同じワグナーの〈ローエングリン〉が『運命の裏木戸』に、シューベルトの〈白鳥の歌〉が『そして誰もいなくなった』に、グノーの〈ファウスト〉が『鳩のなかの猫』に出てくる。

クリスティーが一九七二年にテレビ・タレントのマイケル・パーキンソンの告白アルバムに寄せた文面には、「最大の幸せ……音楽を聴くこと」、「好きな作曲家と楽器……エルガー、シベリウス、ワグナー」とある。

声楽家を志したのはリヒター指揮の〈ニーベルングの指輪〉に感激したからだし、晩年になっても孫のマシューとバイロイト祝祭劇場に出かけるなど、ワグナーがもっとも好きな作曲家だった。またクリスティーの葬儀のさいは、本人の遺言でエルガーの変奏曲から〈ニムルド〉が演奏された。

エルガー

シベリウス

ワグナー

# 27 アガサはいくつ家をもっていたか？

子供の頃のアガサは、人形の家《ドールハウス》で遊ぶのが好きであった。お小遣いの大部分を人形の家の家具につぎこんだり、ボール箱を家具運搬車に見立てての引越し遊びをよくしたそうだ。その性癖は、大人になっても変わらなかったらしく、クリスティーは『自伝』の中で「それ以来わたしはずっと家ごっこをつづけていることが、今にしてはっきりとわかってきた。わたしは無数の家を検分したし、たくさん家を買った」と述べているほどである。

まずはクリスティーが所有していた主な家を列挙してみよう。

(1) トーキイのアッシュフィールド。クリスティーの生家で、一九三八年まで所有。
(2) ロンドン近郊のサニングデールにある一軒家。一九二四年に購入してスタイルズ荘と名付けたが、一九二八年頃に売却。
(3) ロンドン、チェルシーのクレスウエル・プレース二二の家。厩舎を改良した家で、

グリーンウェイ・ハウス

亡くなるまで所有（非公認のブルー・プラークが付いている）。
（4）ロンドン、キャムデン・ヒルのシェフィールド・テラス四八の家（公認のプラークがある）。一九三四〜一九四一年のあいだ所有。
（5）オックスフォード近郊ウォリングフォードのウィンターブルック・ハウス。一九三四年に購入。戦後は本宅となり、クリスティーはこの家で亡くなった。
（6）トーキイの隣り町ペイントンにあるグリーンウェイ・ハウス。一九三八年に購入し、主に別荘として利用した。
（7）ロンドン、チェルシーのスワン・コート四八のフラット。一九四八年に購入。亡くなるまで所有した。

つまり最低でも七軒はもっていた。

# 28 クリスティーは題名や表紙にこだわる作家だった?

最初のボドリー・ヘッド社にしろ、二番目のコリンズ社にしろ、クリスティーの作品を出すことになった出版社は、題名・表紙・校正についてつねに著者と一悶着あることを覚悟しなければならなかった。

表紙についてはこんな具合だった。

『茶色の服の男』(まるで中世の追いはぎ殺人の現場みたいで、とても地下鉄の駅には見えない。わたしが考えているのは、もっとはっきりした、斬新でモダンな感覚のもの)。『ヘラクレスの冒険』(あの表紙の下絵ときたら、恥ずかしくて口にも出せません。どうみても、ポアロが裸でお風呂にはいろうとしているように見えます!……表紙には彫像を描いてください)。『満潮に乗って』(ぜったいにエルキュールを表紙に載せたりしないでください。嵐の「または陽光きらめく」海か、でなければ、モダン・シップくらいにとどめておくこと)。『マギンティ夫人は死んだ』(クリスティーは凶器のシュガー・カッターを本のカヴァーに使わせたがり、わざわざ自分のシュガー・カッターを写真に撮った)。表紙についてのクリスティーの一般論は「実際に作中に出てくる出来事や光景を描いた、写実的な表紙は好きじゃないのです。表紙に人物がかかれているのも気に入りません」というものだった。

題名についても、「ポアロ登場」(作者)対「ポアロ氏の灰色の脳細胞」(出版社)、「もつれたクモの巣」(作者)対「煙幕」(出版社)から「動く指」(作者)へ、「パディントン発四時十五分」から始まって「四時五十分」「四時五十四分」をへて「4時50分」に落ち着いたケースなど多難だった。

またクリスティーは自著の宣伝文案を考えるのも好きで、しばしば出版社がひねり出した文案に文句を言ったとのことだから、クリスティーは出版社にとってやっかいな著者であったことはまちがいない。

**初期ペイパーバック版の表紙**

『スタイルズ荘の怪事件』
(エイヴォン版)

『そして誰もいなくなった』
(ポケット・ブックス版)

『バグダッドの秘密』
(フォンタナ版)

# 29

## ポアロはどこの国の人？

英米をはじめ世界各国で人気のポアロはベルギー人。ベルギーの人口は一〇三一万人（二〇〇二年現在）、言語はオランダ語、フランス語、ドイツ語、通貨はベルギー・フラン、宗教はカトリックを信仰する人が多く、オランダから独立した永世中立国である。作家・評論家のH・R・F・キーティングによれば、ポアロは一八四四年に生まれたとされる（年齢については諸説あり）。初登場作『スタイルズ荘の怪事件』（一九二〇）では、すでにベルギー警察を定年退職していたという設定になっている（退職時の具体的な年齢は不明）。ブリュッセルで犯罪者を逮捕するなどめざましい活躍をしていたことがわかっている。しかし、戦中、脚を負傷し、ベルギーからイギリスに移住してきた。

ポアロがベルギー人ということ（イギリス人ではないこと）は、しばしば強調される。「ベルギー人の警官の、それも盛りをすぎた人間の言うことだけでは説得力がない」と自分を意図的に卑下してみたり、おなじみ「わが友《モ・ナミ》」というフレーズを連発したりする。作家コリン・ワトスンによると、一九二〇年当時「勇敢で小柄なベルギー人」というイメージが一般的だったという。たしかにどっしりとしたポアロの姿は勇敢そうにみえるが、「ふくよかな童顔をおどけてふくらませた」りするなど、強面というわけではなく、そこはかとないユーモアももちあわせていた。

第一次世界大戦中、イギリスの各地方にベルギーから亡命者が多くあった。クリスティーが住んでいたトーキイにも相当数のベルギー人の亡命者たちがいた。このことからクリスティーはヒントを得て、ベルギーからやってきた探偵を創造したという。

ブリュッセルの警察

# 30 ポアロとヘイスティングズの最初の出会いは？

用をすませて出ようとしたとき、ちょうど入ってきた小柄な男にぶつかった。わきに寄って謝ると、相手はだしぬけに歓声をあげて、私を抱き締めて熱いキスをした。

「わが友《モ・ナミ》、ヘイスティングズ！」彼は叫んだ。「やっぱりそうだ、わが友《モ・ナミ》ヘイスティングズじゃありませんか！」

「ポアロ！」わたしは大声をあげた。


クリスティーの第一作『スタイルズ荘の怪事件』の三九〜四〇ページ、ポアロとヘイスティングズの〝感動の対面〟のシーンである。だがご覧のように、二人はこれが初対面ではない。

第一次世界大戦の前線に赴いていたヘイスティングズ大尉は、負傷して帰国し、スタイルズ荘に住む旧友のもとを訪れる。そこで戦争後の仕事の希望をきかれた彼は、昔べルギーで知り合った名刑事について熱く語り、シャーロック・ホームズのような探偵をやりたいと言うのだ（同書二二ページ）。この「名刑事」がポアロで、偶然にも当地に難民として来ていたポアロと再会するのが冒頭のシーンだ。

では、ベルギーで二人はどのように知り合ったのだろうか？　短篇「チョコレートの箱」（『ポアロ登場』収録）によると、ポアロはただの一度しか捜査を失敗したことがない名刑事だった。ベルギーでは外国人だったはずのヘイスティングズと名刑事が知り合った以上、そこにはなんらかの事件があったのだろう……クリスティーの頭の中には、二人の「最初の事件」があったのかもしれないが、もはや知るすべもない。

ポワロ（デビッド・スーシェ）とヘイスティングズ（ヒュー・フレイザー）
「名探偵ポワロ」ミステリチャンネル放送中

# 31 結婚したヘイスティングズ大尉の行った国は？

ことのほか女性に優しく、惚れっぽい体質のヘイスティングズ。初登場する『スタイルズ荘の怪事件』からしてさまざまな女性を気にかけてしまう（ちなみに赤味がかったブロンド女性に弱いらしかった）。

彼の結婚のいきさつについては『ゴルフ場殺人事件』に詳しく書かれている。女性に惚れてしまう能力を遺憾なく発揮し、ポアロにはからかわれるが、ついにアクロバットの芸人シンデレラと電撃的に結婚にいたる。一九二五年に結婚し、イギリスからアルゼンチンへと飛び、農場を経営することになるのだ。

ちなみに、この頃、現実のアルゼンチンは十九世紀から続いてきた民主政権が崩壊した動乱期。一九三〇年代、クーデターによる軍事政権が樹立された。

クリスティーは、ヘイスティングズというキャラクターについて「本当のことをいうと、少し彼にわたしは飽きていた」と語り（『自伝』）、恋愛話を利用してヘイスティングズを物語世界から退場させようとしていたふしがある。名門のイートン校出身で、保険会社に勤務した経歴をもつ彼にしてみれば、アルゼンチンに暮らすことなど想像していなかっただろう。

だが、同地では幸せな生活を送ったようで、妻とのあいだには四人の子どもをもうけた（男の子二人、女の子二人）。長男は農場経営を引き継ぎ、次男は海軍に入隊し、長女は軍人に嫁いでインドへ行き、末娘は熱帯風土病の研究をしている医者の助手になった。ヘイスティングズはとりわけこの末娘をかわいがり、娘がアラートンと恋仲になっているのではとはらはらする場面もあった。（『カーテン』）

ヘイスティングズ（ヒュー・フレイザー）「名探偵ポワロ」ミステリチャンネル放送中

# 32 エルキュールとヘラクレスの関係は？

ポアロのクリスチャン・ネーム「エルキュール」は、「ハーキュリーズ」、すなわちギリシャ神話の「ヘラクレス」を意味する。それは、全能神ゼウスと人間の女性の間に生まれた半神半人。ゼウスの正妻ヘラの嫉妬からさまざまな妨害を受け、その妨害を排除していったことが偉業につながり、死後は神々に叙せられた、怪力無双の英雄の名前だ。アガサは、自分が創造した灰色の脳細胞をもつ小男の名探偵に、かの名探偵ホームズ一家（シャーロックとその兄マイクロフト）のような堂々とした名前を持たせるべきだ、と考えた。そこで思い悩んだ末、英語の「ハーキュリーズ」が閃き、さらに「ポアロ」という姓がぱっと思い浮かんだ。そして、姓名のバランスから最終的にフランス語読みの「エルキュール・ポアロ」で決定したのである。

この名前にちなんでアガサが著わしたのが、連作短篇集『ヘラクレスの冒険』だ。この作品では、ポアロが冒頭で友人に「外見的に、きみはヘラクレスとは似ても似つかない」とからかわれる。ポアロは、はじめ「英雄が聞いてあきれる。筋肉バカの犯罪者じゃないか。こんなやつと同じ名前とはね！」と憤慨していたのだが、類似点をひとつだけ発見する。どちらも世の中からある種の迷惑を駆逐し、社会に貢献したことだ。そこでポアロにあるアイディアが閃いた。引退を考えていた彼の花道を飾るのに、これほどふさわしいことはない。ヘラクレスが成し遂げたという十二の難業にひっかけて、十二の難事件を解いてやろうと。しかもその事件の数は、それぞれ神話上でヘラクレスが行なった偉業にちなんだ謎でなければならない。そこで、現代のヘラクレスたるポアロは、神のごとき頭脳の冴えで、趣向を凝らした十二の難業を解決していくのである。

ヘラクレス

# 33 ポアロの秘書の名前は？

一九二五年に相棒のヘイスティングズが結婚してアルゼンチンへ行ってしまったため、ポアロは中年女性のミス・レモンを雇うことにした。「人間の形をした精密無比な機械」ともいうべき存在で、いかなる想像力ももたない。完全なる書類分類方式を考え出すことに生きがいを感じている女性で、事件が起きてもそのことについてポアロと論じたりせず、あくまで秘書としてポアロに仕えるのみの存在である。その秘書能力にポアロは全幅の信頼をおいていた。

だが、女性としての色恋がわからないというわけではなく、恋した女性の謎めいた言葉にポアロが、困惑しているときにさり気なくアドバイスをする一面なども もつ。(『ヘラクレスの冒険』所収の「ケルベロスの捕獲」)。

またもう一人、秘書役としては従僕のジョージがいる。無口で控え目、そして冷静さが特徴である。彼は以前はエドワード・フランプトン卿に仕えていたが、その後ポアロ

ミス・レモン（ポーリン・モラン）
「名探偵ポワロ」ミステリチャンネル放送中

に仕えるようになる。ポアロのシニカルなものいいにも動じない男で、私に仕えるようになるなんて出世したじゃないかと軽口をたたくポアロに対し、「茶色の背広になさいますか。今日は風が少し冷たいようです」とクールにうけ流す強者である（『青列車の秘密』）。また、訪問者の特徴をとらえ、ポアロに報告するという〝探偵の従僕〟として重要な役割を担っていた。ポアロもの最終作『カーテン』でのジョージはまさに従僕の面目躍如たるもので、ポアロのある秘密をまもり、最後まで冷静に振る舞ったことで読者に深い印象を残した。

# 34 ポアロが一番多くいっしょに仕事をした刑事の名は?

スコットランド・ヤードのジャップ警部である。ポアロがベルギー警察にいたころからの長いつきあいで、互いに協力していくつかの国際的事件に当たったたという経歴をもつ。ジャップ警部はポアロを尊敬しており、自分の担当する事件にポアロが絡んでくると率直に耳をかたむけ、ポアロに対してさまざまな便宜をはかる。

彼の特徴は、勤勉ということにつきるのだが、想像力がないのが欠点である。そのため、結局最後はポアロが事件を解決へ導くことになる。体つきはイタチを思わせ、とても小柄。時に不謹慎なほど独特のユーモアを発揮し、被害者の妻をさして美人ですね、などと軽口をたたく(戯曲『ブラック・コーヒー』)。

ヘイスティングズはこのジャップが苦手らしい。ジャップは、アルゼンチンにいたためにしばらくイギリスから離れていたヘイスティングズに再会し、「いわゆる未開の地からご帰還とは!」と小馬鹿にする。

「頭のてっぺんがいささか薄くなられただけです

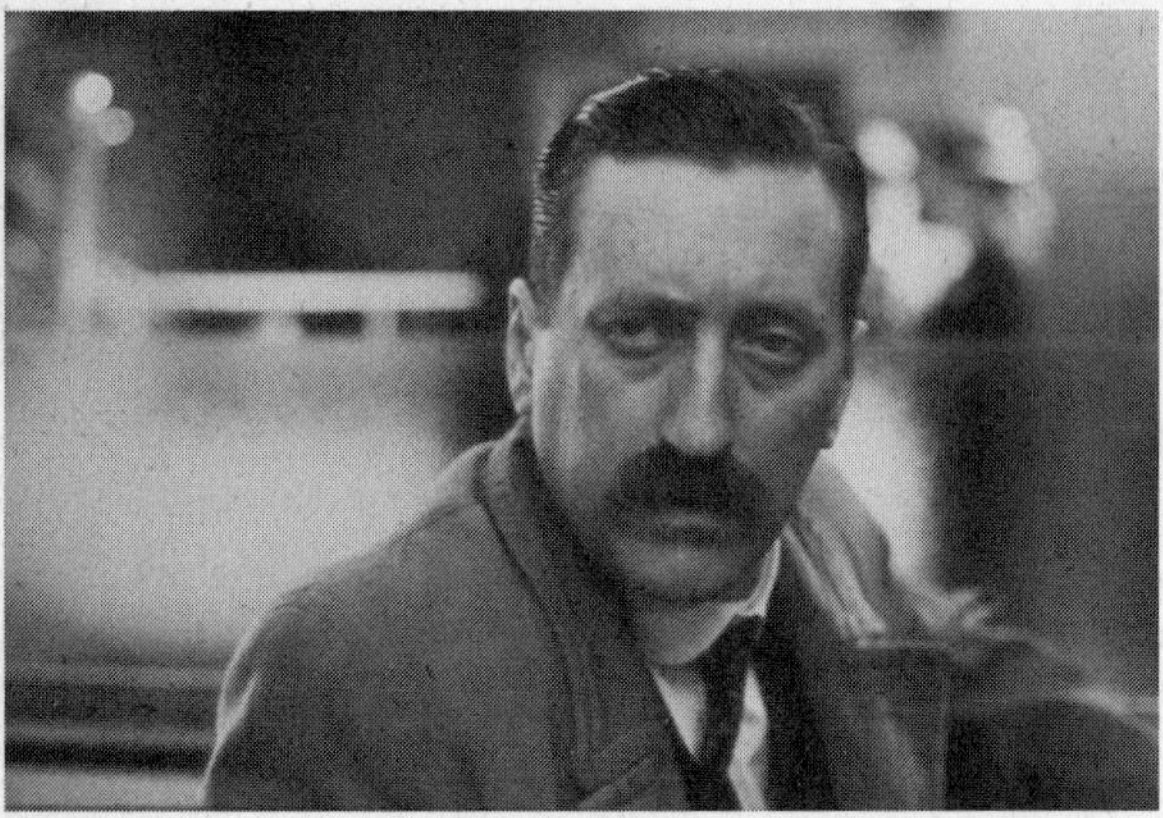



ジャップ警部（フィリップ・ジャクソン）
「名探偵ポワロ」ミステリチャンネル放送中

かな」とヘイスティングズが気にしていることを堂々と指摘してみせるのだ。ヘイスティングズによるとジャップという存在は「いつだって頭にくるやつ」で「誰かが腰をおろそうとしたときに椅子が引かれたら、大声で笑うようなやつ」だということである（『ABC殺人事件』）。

ジャップは第二次世界大戦の始まる以前に職を辞しているので、ポアロものの後期作品には出てこないが、前期作品でその活躍ぶりを存分に楽しめる。

# 35 ポアロの宿敵のフランスの刑事は？

パリ警視庁のジロー刑事——ポアロと同じく、他国にまでその名が轟く名探偵だ。南米の富豪が謎の死を遂げる『ゴルフ場殺人事件』に登場する。ポアロと事件解決を競うことになる彼は、小男のポアロとは対照的に非常に背の高い青年である。年のころは三十前後で、髪の毛と口髭は茶褐色、軍隊式の身のこなしで、態度は尊大そのもの。なによりジローはポアロに対して、敵意に近いほどのライバル心を燃やしている。初対面からのセリフがすごい。

「お名前をよく存じています、ポアロさん。昔は、あなたもなかなか異彩を放っておられましたな。しかし、現在は捜査方法もがらりと変わってしまいましたからね」

ジローが信奉する近代的な捜査方法とは、科学捜査である。現場にはいつくばり、髪の毛一本見落とさずに、証拠物件の数々から事件を推理するのだ。そんな彼を、ポアロは〝猟犬〟と綽名し、ポアロを引退したヨボヨボのもうろくじじい扱いをする生意気なジローに向けて、このように告げる。

「あなたは煙草の吸いがらやマッチ棒の軸にかけては、あらゆることを知っていらっしゃるかもしれない。だが、かく申すエルキュール・ポアロは、人の心を知っているのです」

物語が進行するにしたがって、ヒートアップしていくポアロとジローの闘いに、決定的瞬間が訪れる。ジローの侮辱的態度に耐えかねたポアロが、自分が先に真犯人を見つけることに五百フラン賭けると言うのだ。勝負の行方についてここでは明かすことができないが、事件後、ポアロの机上にはジローと名付けられた犬の置物があったことを付け加えておこう。

パリ警視庁

# 36 ポアロの信条、口癖は？

初期のポアロは、自分のことを「いまのヨーロッパではまちがいなく随一の頭脳の持ち主」とか「比類なき世界一の名探偵」と、かなり自慢している。これは、好意的に解釈するなら、シャーロック・ホームズのライバルたちと差別化をはかるために多少意識してキザな言葉を使ったのだろう。後期のポアロは、もっとおだやかな口ぶりとなっている。

そのように時代とともにポアロの言動は変化しているが、ほぼ一貫しているのは彼の探偵術である。つまりポアロの信条は〝順序と方式〟を重視することである。この方法は、第一段階としてさまざまな事実を集め、それらをきちんと整理することから始める。しかし事実と言っても、犯罪現場に残された煙草の吸殻や燃え残りのマッチという物理的な証拠ばかりではない。関係者全員を訊問して得られる嘘や真実も含まれる。

そして第二段階は、心理学を援用して、それらの事実を吟味することになる。つまり

カット／つのださとし

ポアロの口癖である「小さな灰色の脳細胞を働かせる」ことによって、ポアロがこよなく愛する真実を見つけ出すわけである。

一方、私生活における信条は、整理整頓を常に心掛け、対称性を重んじていることだろう。このため自分の服にはシミひとつ付かないように気をつけているし、他人に対してはネクタイピンが少しずれていても注意するほどである。また対称性を重んじるが故に、ポアロの部屋は長方形で、ほとんどの家具も長方形のものを使用している。

なおベルギー人のポアロは、興奮してくると、ついフランス語で「ノン・ダム、ノン・ダム！（畜生、畜生！）」と悪態をついてしまう。これもポアロの口癖であろう。

# 37

## ポアロが自慢し大切にしているものは？

口髭。

身長五フィート四インチのやや肥り気味の体、卵形の頭、大きな口髭、とがったエナメルの靴、というのがポアロの外観だが、なにより目立つのがピンとはねあがった立派な口髭で彼のトレードマークになっている。

美男子でも好男子でもなく、身体的にとくに自信のある方ではなかったポアロが唯一自信を持ち、自慢できるのがこの口髭だった。なにしろロンドンで一番とも、芸術的とも評される口髭である。ポアロが登場する作品ではかならずこの口髭についての言及があり、時に応じて、「巨大な」「たっぷりした」「途方もなく大きな」「驚くべき」「堂々とした」などと形容される。

まず初対面の人が驚かされるのがポアロの口髭で、「なにか特別のポマードでも使っているのですか？」と聞かれたりする。むろんポアロは「そんなものは使ってやしませ

エルキュール・ポワロ（デビッド・スーシェ）
「名探偵ポワロ」ミステリチャンネル放送中

ん。自然にのびたのです」と大見得を切るが、じつは毎日手入れに怠りないのである。ハサミと小さな櫛とアルコール・ランプで熱するカール器で形を整え、香水いりのポマードで両方の先をピンとはねあげる。それから二、三歩下がって、鏡でしげしげと点検する。外出したり旅行するときもコンパクトな髭の手入れセットを持参して、つねに口髭の左右の均衡がとれているか、先はピンとはねているか手鏡で確認している。

彼が湿気の高い土地へ旅行するのを嫌うのは、自慢の髭がぐんにゃりしてしまうからだ。大切にしている髭がそれほど感心されないので、「嘆かわしいことに、イギリスでは、口髭文化というものがまったく無視されていますね」と慨嘆したこともある。

# 38

## ポアロが美しいと思う美とは？

〝秩序と方法〟をなにより好むポアロにとっての美とは、シンメトリー（左右対称）、直線、四角であり、それによってつくりだされる整頓と清潔さである。

彼がもっとも長く住んでいたロンドン西区のホワイトヘイヴン・マンションは、まさにその美意識が実現された住まいである。

「すばらしく均整のとれた建物……非のうちどころのないクローム製の家具類と角ばったアームチェア、それにかちっとした長方形の装飾品。それらが広々とした彼のフラットにしつらえてあった。この部屋には、曲線を描いたものは何一つない」

別の個所ではこう表現されている。

「四角い部屋に、角張った上等でモダンな家具、立方体の上にまた立方体を乗せて、その上に銅線で幾何学的な図形を描いたすばらしいモダンな彫刻さえある。そして、このクロムの輝きがまぶしい秩序だった部屋」

アール・デコ調の室内

ポアロは、絵の額がちょっとでも傾いていようものなら、他人の家のものでも気になって直してしまう。鶏が四角ではなく卵形の卵を産むのが気に入らないし、ゴルフはボールがどこに飛んでいくのか予測不可能なので好きではない。衣服にしわが一つでもあると気になって仕事に集中できず、「きみのネクタイピンは右に十六分の一ずれているよ」とヘイスティングズに注意してあきれられる。

ヨーロッパで一九二五年に始まるアール・デコ・スタイルは、それまでの流れるような曲線を愛好したアール・ヌーボーとは対照的に、基本形態の反復、同心円、ジグザグなど、幾何学への好みが顕著にみられるとされる。不規則な曲線を嫌ったポアロの美意識は、アール・デコ風だったといえるだろう。

# 39 推理に行き詰まったポアロがやることは?

ポアロの推理の基本は〝順序と方法〟で、そこで得た事実を整理しながら心理学を援用して、推理することになる。だがポアロとほぼ同じ事実を入手しながらも、相棒のヘイスティングズの推理はすぐに行き詰まってしまうことが多い。

ポアロは推理に集中できるように、二つのことを実行している。

ひとつは安楽椅子に寄りかかり、眼を閉じて静かに思索することである。しかしこの方法は、ホームズの場合はパイプをふかしながら、ミス・マープルの場合は毛糸を編みながらなど、多少の違いがあるものの、名探偵なら、誰でも採用するものであろう。

ポアロ独特の行き詰まり解消法は、カードの家の組み立てに熱中することで、これによって精神を安定させ、灰色の脳細胞の活動をより活発にさせている。つまりカードの家のバランスが悪いという状態は、事実がどうしてもピッタリ合わない仮説のようなもので、真実を発見するまでは、カードの家を壊しては、また最初から作り直し、これを何度となく繰り返さなければならない。

事実『邪悪の家』事件では、ポアロは「トランプで家をたてるのには、なによりも正確さがいるのです。カードを一枚、また一枚と丹念に正しい位置に順々につみあげて、重量を支えあっていくようにしなければならないのですよ。どうか、ひとりでこのトランプ遊びをやらせておいてください。私の頭がはっきりしてきますからね」といって、その晩の十時から、翌朝の五時まで行なっている。凡人には、やはり真似はできない芸当だろう。

そしてポアロは、最終的に美しい真実を発見するのである。

# 40 ポアロの好きな飲物は？

小粋なひげをピンと張った、まさにダンディの見本といった風体のポアロが好むのは、なんと甘い甘いホットチョコレートである。なにを隠そう、ポアロは超甘党なのだ。『ホロー荘の殺人』の中でも、十時のチョコレートドリンクをゆったり堪能している。さらに、ポアロの最終作『カーテン』でも、ポアロはヘイスティングズに「チョコレートは神経をやすめるんだよ」と飲ませる心温まるシーンがある。ちなみにその日は、とても暑い夏の日だった。ベルギーの名産は高級チョコレートであるから、自らの名探偵にわざと彼の出身国のイメージを付加しようとしていたクリスティーのこと、こんな些細な描写もその一環だったのかもしれない。

捜査のためなら、まずい紅茶も苦いコーヒーも意外に我慢して飲むポアロだが、『マギンティ夫人は死んだ』で、一緒に事件を手がけるスペンス警視を自宅に招いた際には、「グレナディンは？　クレーム・ド・マントは？　それともベネディクティンにしますか？　クレーム・ド・カカオ？」と、極甘な飲物ばかりを勧めて、警視を閉口させている。曰く「甘いリキュールよりビールが好まれるなんてことは、ポアロにはとても理解できなかった」らしい。（ベルギーはビールの名産地であるというのに！）なにしろ酒を勧められて、果実のシロップを所望するほどの甘党なのだ。『ハロウィーン・パーティ』では、久しぶりの再会を果たしたスペンスに、「ここには、あまり気のきいたものはありませんよ、黒スグリも、バラの実のシロップも」と嫌味をいわれるシーンがあり、微笑みを誘う。

# 41 ポアロが唯一恋した女性は？

惚れっぽいヘイスティングズに比べ、生半可な女性には心動かされない印象のあるポアロだが、ホームズにアイリーン・アドラーがいたように、ポアロにも唯一してやられた女性がいる。それが「二重の手がかり」（『教会で死んだ男』所収）で出会った、ヴェラ・ロサコフ伯爵夫人だ。帝政ロシアの貴族というふれこみで、宝石盗難事件の容疑者として登場した、このあでやかな美女は、ポアロとの堂々たる対決を繰り広げる。その直後のポアロの興奮ぶりといったらない。「まったくすごい女だ！　こういう女は、将来、きっと、なにかをやってのけるぞ！」と階段を踏み外しそうになるほどの熱の入れようだった。

二人の再会はすぐにやってくる。『ビッグ４』で、国際犯罪組織の陰謀を阻止しようともくろむポアロは、パリで組織の末端として働く彼女を見かけ、ある取引を申し出る。「千人に一人という、すばらしい女性」「わたしは伯爵夫人のファン」と言ってはばからず、「そろそろ引退して身を固めるというのもわるくないかも」と照れくさそうに言うポアロののろけっぷりを目の当たりにしたヘイスティングズは、「彼のような小男は華やかな、派手な女性に惹かれるものだから……」とひとりごちるのだった。

ロサコフ伯爵夫人とポアロは三たびまみえた。「ケルベロスの捕獲」（『ヘラクレスの冒険』所収）で、彼女はナイトクラブ〈地獄〉の経営者として現われる。二人の間には二十年の月日が流れていたが、夫人は相変わらずだった。ポアロは、この善悪の区別がつかない、しかし魅力的な女性に宛てて、彼女の大好きな花、赤いバラを贈る。手配を命じられた秘書のミス・レモンが「あの年で！　まさか」と動揺しているのがまたおかしい。

カット／中村銀子

# 42 ポアロの住まいは？

ポアロは、イギリスで数十年にわたって私立探偵として活躍しているし、独身という身軽さもあり、住まいを何回も替えている。それらを年代順に追ってみよう。

イギリスでの最初の事件『スタイルズ荘の怪事件』を解決して、自分の探偵能力に自信を取り戻したポアロは、友人のヘイスティングズとともにロンドンで共同生活をしながら、私立探偵業を始めた。シャーロック・ホームズは、すでにベーカー街二二一Bの下宿を引き払っていたためか、仕事はかなり繁盛したようだ。収入が増えるにつれて下宿を替えたが、明確になっている住まいはファラウェイ・ストリート四番地のフラットだけである。

ところが『ゴルフ場殺人事件』後、ヘイスティングズはアルゼンチンに移住した。そのためかポアロは、キングズ・アボット村のシェパード医師宅の隣りにある〈からまつ荘〉で隠居生活を始めた。そして『アクロイド殺し』事件後、リヴィエラなどにも住んでいたようだが、一九三〇年代前半にロンドンのホワイトへイヴン・マンションの四階にある二〇三号（日本流に考えるとヘンな番号）のフラットに事務所兼自宅を構え、以後はここを仕事と生活の拠点にしていた。

このマンションはロンドン市西一区にあり、チャリング・クロス北にあるミューズ街から歩いて帰れる範囲内にある。電話番号が「トラファルガー八一七三」であることを考えると、トラファルガー広場に近い、かなり高級な場所にあると思われる。

なお余談だが、デビッド・スーシェがポアロを演じるTV映画のホワイトへイヴン・マンションは、チャターハウス広場の一画にある実在のフローリン・コートが使われている。

フローリン・コート

# 43 ポアロが嫌いなもの、がまんできないことは？

風貌・格好に関することでいえば、まず卵形の頭をかざる髪の毛については、頭髪の質が弱るので毛染を嫌い、使わないと公言していたが、晩年は明らかに使用していた（『カーテン』など）。服装は上品さをモットーとしているため、スーツにわずかに脂《あぶら》がついているだけでも非常に気にした。エナメル靴に泥がつくので田舎道が嫌い、自慢の口髭がぐんにゃりしてしまうので湿気の高い土地が嫌い。

彼が異常に毛嫌いする存在といえば「歯医者」である。何事にも清潔でなければすまないポアロは、年に二回、歯医者に定期検診に訪れる。しかし、病院に入るやいなや、偉大なる名探偵としての威厳はまったく失くなってしまう。自分から病院に来たにもかかわらず、医者が病気にでもなっていなくなっていればいいのにと子どもっぽいことを言うかと思えば、優越感を維持できない、気力がゼロになった、臆病ものになりさがった、などなど弱音を次々と吐く始末なのだ（『愛国殺人』）。

特筆すべきは、ヘイスティングズが側にいないことには耐えられないということだろう。ヘイスティングズがアルゼンチンに行ってしまっていた時期は、「あなたのいきいきとした想像力が借りられなかった」ことが残念だったと冗談めかして語ることもあれば、「さ、マドモアゼルにこう言ってください。このわたしは、比類なき名探偵だと自尊心をくすぐってもらいたがる（『邪悪の家』）。「ああ、わが友、ヘイスティングズよ。今日、この瞬間にきみがここにいてくれたら」と嘆息するのだ（『クリスマス・プディングの冒険』所収の「スペイン櫃《ひつ》の秘密」）。

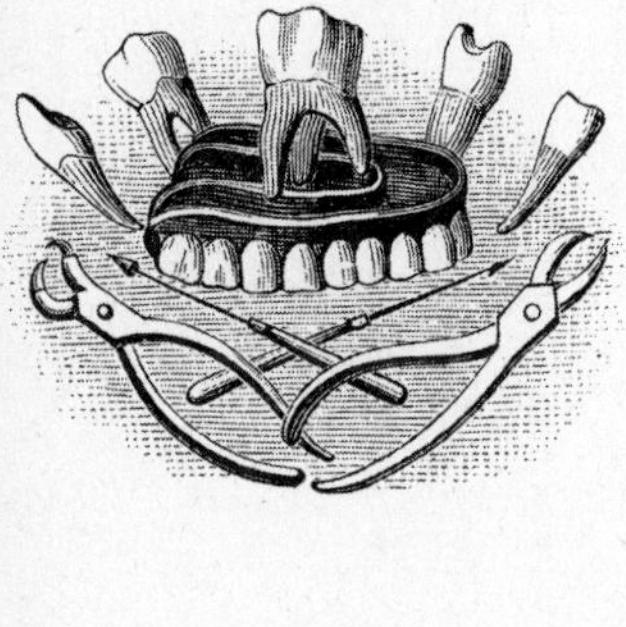

# 44 『アクロイド殺し』に出てくるディクタフォンとはどんなもの？

ディクタフォン（Dictaphone）とは口述用録音機のことで、ディクタフォン社が一九〇七年に商標登録している。会社で重役が手紙の内容などをこの装置に吹き込み、あとから秘書が再生音を聞きながらタイプライターを打って書類を完成させるために使われることが多い。『アクロイド殺し』を読んだことのある読者は、この装置がどのように利用されているかは、よくご存知であろう。

『アクロイド殺し』の出版は一九二六年だが、ディクタフォン社の社史によれば、一九二三年頃から本格的にディクタフォンの開発を始めたそうである。つまり当時の事務機器としては、発売されたばかりの最先端のものと言ってよい。そのような装置をいち早く自作に利用するとは、クリスティーは機械に弱い女性でなかったのは確かであろう。

だが当時の装置の録音方式は、円筒状の蠟管に機械的に溝を彫っていくもので、音を再生するには針をその溝に沿って這わせることになる。そして録音を消去するためには、表面の蠟を再び平らにする必要がある。いわばエジソン式のレコードの原理を応用した機械的な録音装置で、カセット・テープやMDを利用する現在の磁気録音方式とは根本的に異なっていた。録音方式から考えても、音質はあまり良くなかったであろう。

なお余談ながら、音質の点からディクタフォンのトリックについてイチャモンをつけた怪しげなエンジニアがいた（筆者ですが）。クリスティーは「確かにそのような装置はあった」と答えているが、クリスティーからの返事が筆者のその後の人生を豊かにしてくれたことは間違いない。ディクタフォンは個人的には幸運を呼ぶ装置だった?!

ディクタフォンに録音する

# 45

## 引退したポアロがやろうとしたことは？

ポアロは、初期の作品のころから引退を志している。ポアロものの三作目にあたる『アクロイド殺し』では、すでに引退しているくらいだ。まあ、事件のほうが、この名探偵をほうってはおかず、結局は表舞台に引き戻されていくわけだが、その引退直前を描いた作品が『ヘラクレスの冒険』だ。そこでポアロは、引退して暇な時間ができたら何をするんだと友人に問われて、次のように答えている。

「カボチャの栽培に——じょうだんでいってるんじゃないよ——精を出すつもりだ」

あの水っぽい味のする、バカでかくふくれた緑色のやつかい？　と友人のほうはおおいに驚くのだが、ポアロはさらに熱心に言い募る。

「要するにそこなんだ。カボチャは水っぽくない味に、しなくちゃならない。カボチャ自体の味を改良しようというのが、わたしのもくろみなんだ。なんだったら、すばらしい香り《ブーケ》をもつように——」

たいへんな入れ込みようである。

さて、引退後にあたる『アクロイド殺し』の中で、ポアロは念願のカボチャ栽培生活に入る。舞台となるキングズ・アボット村でポアロは、物語の語り手である隣人の医師と衝撃的な出会いをする。ポアロは医師宅の庭に、なったカボチャの実を投げ飛ばしたのだ。数カ月前から栽培していたのだが、その朝になって急に腹が立ってほうりだすことにしたというのだ。ポアロとカボチャの短い蜜月は終わりを告げ、再び探偵の世界へ復帰することになったのだった。

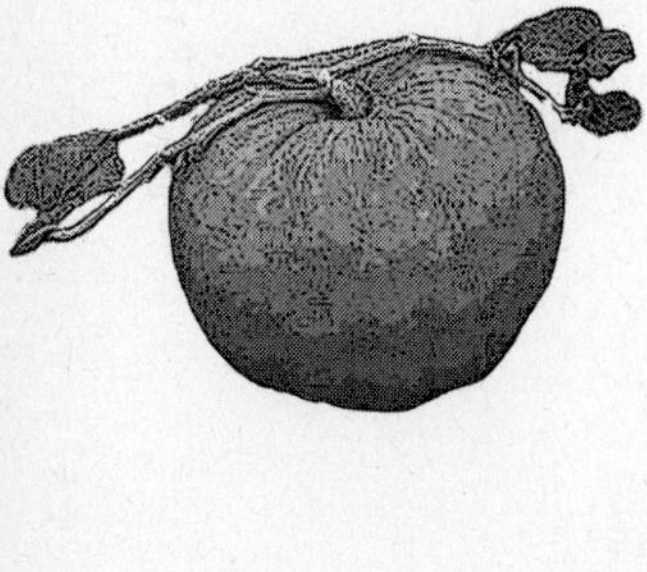

# 46 『オリエント急行の殺人』の現場はどこの国？

事件は、シリアから帰国を急ぐポアロが乗りこんだスタンブール発のシンプロン・オリエント急行の車内で起きた。夜中に雪のために列車が停車したことに気づいたポアロが車掌に問い掛けると、車掌は停車位置を「ヴィンコヴチとブロッドのあいだです」と答えている（『オリエント急行の殺人』六八頁）。あとで作中でも出てくるように、当時はユーゴスラヴィア国内だ。

ユーゴスラヴィアは、俗に「七つの国境、六つの共和国、五つの民族、四つの言語、三つの宗教、二つの文字をもつ」といわれたほど複雑な歴史をもつ。オーストリア＝ハンガリー帝国の支配から脱した時点で、スロベニア、クロアチア、ボスニア・ヘルツェゴビナ、セルビア、モンテネグロ、マケドニアという、それぞれに独自の民族意識をもった国々が連合して作った国家なのだ。一九一九年に、第一次世界大戦の戦後処理を行なったベルサイユ条約のもとに成立したのがユーゴスラヴィア王国で、この作品の時代

（一九三三年執筆）のユーゴスラヴィアは、これにあたる。王国はその後第二次世界大戦時にドイツとイタリアによって解体されるが、戦後にチトーのもとで再統一されユーゴスラヴィア連邦人民共和国（のちに社会主義連邦共和国に改称）が成立。さらにチトーの死後、八〇年代になって連邦離脱が相次ぎ、現在はセルビアとモンテネグロによる新ユーゴスラヴィア連邦が残るのみになった。

　というわけで、事件現場となった「ヴィンコヴチとブロッドのあいだ」だが、現在はユーゴスラヴィアではなく、クロアチアになっている（ヴィンコヴチはクロアチア領内、ブロッドはクロアチアとボスニアの国境）。複雑怪奇な国際情勢、今後もこの事件の現場がどこの国なのかは、変化せざるを得ないだろう。

オリエント急行の車内

# 47 『カーテン』出版裏話とは？

最晩年に訪れるクリスティー・ブームの引き金となったのは、一九七四年の映画「オリエント急行殺人事件」の大ヒットだった。日本で女性の翻訳ミステリ読者が一挙に増えたのも、このころからである。

ところが、七四年は例年発表になるクリスティーの新作長篇がない。やきもきしていると、翌年春に『カーテン――ポアロ最後の事件』が秋に出版されるというニュースが届き、早川書房にプルーフ・コピー（校正刷り）が送られてきた。編集部では一読して、その結末に驚愕。メディアでも大きな話題になり、ニューヨーク・タイムズ紙はH・R・F・キーティングを起用して、一面ぜんぶを使って『カーテン』を取りあげるという騒ぎになった。

早川書房は早速翻訳を、当時クリスティーの新作を手がけていた中村能三氏に依頼。ただし、翻訳は最短でやってもらい、出版は秋という条件だった。クリスティーに惚れ込んでいた中村氏は、〝ポアロ最後の事件〟を翻訳できることを意気に感じ、お茶の水のホテルに籠って、フル回転で追い込みにかかった。が、この同じホテルに、週刊新潮で同時期に『カーテン』を連載していた翻訳者も泊っていたのだ。週刊新潮で結末が明かされる前になんとしても『カーテン』を出版したいと、連日のようにホテルに早川書房の編集者が出向き、五枚、十枚と原稿を受け取っていく。

残暑の厳しい九月だった。中村氏はランニング・シャツ一枚になって机に向かい、酒は強い方ではないのに睡眠薬代わりにウイスキーを生で飲んでがんばった。このとき中村氏は七十二歳と老齢。次第に息が荒くなり、あと約九十枚というところで倒れてしまった。大ピンチとなったが、お弟子の永井淳氏がバトンタッチし、大車輪で残りを仕上げて、なんとか週刊新潮の最終回より早く『カーテン』は出版された。『カーテン』はクリスティー出版史上、単行本最大のベストセラーとなり、翻訳者の苦労も報われた。

『カーテン』単行本

# 48 最後の登場作品のときポアロは何歳だった？

ポアロの年齢については諸説あるが、H・R・F・キーティングによると百三十歳前後だということだ。

キーティングは、ポアロがベルギー警察を引退したのが一九〇四年とされていることから、（定年退職を六十歳とした場合）一九七五年に発表された最終作『カーテン』に登場した時は百三十歳前後だろうと推察する。しかし詳しいことはわからないと断言はさけている。ポアロは年齢のことについては神経質になっていたので、正確な情報は伝わってこないというのだ。

一九七五年八月六日の《ニューヨーク・タイムズ》の第一面にポアロの年齢について触れた記事が掲載された。これは実際に起こったことで、架空の探偵に大々的に紙面をさくのは異例のことであった。紙面には「年齢不詳」とあった。

これらに対し、作家のジュリアン・シモンズは、ポアロはもっと若かったはずと唱える。その理由として、当時のベルギー警察では五十歳前が定年であったということである。そして『カーテン』はたしかに一九七五年発表の作品だが、執筆されたのは第二次世界大戦終結直後だというのだ。したがって、一九〇四年時のポアロは四十代、それに終戦までの四十数年をたすと、八十歳から九十歳ということになるというわけだ。

最後にヘイスティングズから見たポアロの姿だが、関節炎のために車椅子を使用し、肉は削げ落ち、顔には深い皺が刻まれているとされ、ポアロは高齢のようにみられている。しかし、その眼はあいかわらず、鋭く、きらきら輝いていたとも語っている。ポアロ自身も「ありがたいことに、中身はまだしっかりしておるよ」とまだまだ若いと気をはくのである。（『カーテン』）

# 49 マープルのモデルは?

短篇集『火曜クラブ』の著者まえがきの中で、クリスティーは「ミス・マープルにはわたし自身の祖母に、どこか似ているところがある。祖母もやはり桜色の頰をした老婦人で、世の中からまったく引きこもったむかし風の暮らしをしていたくせに、人間の邪悪さというものをとことん知りぬいていた」と書いている。この言葉を信用するなら、マープルのモデルは、クリスティーの祖母ということになる。しかしクリスティーがマープルものを書こうと思い立った動機から考えると、モデルは少し違ってくる。

一九二六年クリスティーは『アクロイド殺し』を出版した。この作品は、今ではミステリ史上最大の問題作と認められているが、当時でもかなりの注目を集め、二年後にはマイケル・モートンの手で戯曲「アリバイ」が公演された。だがクリスティーはこの脚本が気にいらなかった。ポアロを中年男性にしたうえに、シェパード医師の姉キャロラインを除外し、代わりにシェパード医師よりずっと年若い妹(しかもポアロが恋心を抱いてしまうような女性！）を創造したからである。

自伝の中でクリスティーは「彼女（キャロライン）はわたしの大好きな人物で……気むずかしい老嬢、好奇心いっぱいで、何でも知っているし、何でも聞いている家庭内の完璧な探偵業である」と書き、「ミス・マープルはわたしが『アクロイド殺し』の中で楽しんで書いたシェパード医師の姉から出てきたらしいと思える」としている。つまりマープルの原型はキャロラインなのである。

なおマープルの名前そのものは、チェシャー州にあるマープル・ホールという建物を見たときに思いついたようだ。

アガサの祖母

# 50 マープルの住んでいる村の名は？

セント・メアリ・ミード村。ミス・マープルが、ミス・ウェザビー、ミス・ハートネル、ドリー・バントリーといった友だちと六十年来住んでいる英国の小村。村の本通りに沿って、郵便局、ブルーボア館（居酒屋兼旅館）、教会、八百屋、魚屋、肉屋、薬屋などがある。イギリスのどこにでもあるしごく平凡な村だ。

さて愛すべき老嬢たちが住んでいるこの村は実際どこにあるのだろう。作者のクリスティーはファンの数藤康雄氏の質問に対して、「セント・メアリ・ミード村には列車や車を利用すれば、ロンドンから一時間半程度で行けますが、実在の村ではありません」と答えている。が、そのくらいではめげない数藤氏は、ミード村の場所を特定するデータの埋め込まれた『パディントン発4時50分』『書斎の死体』『復讐の女神』の三冊から、ミード村はロンドンから西へ二十五〜四十マイルの間の、南部海岸から二十マイル内陸のどこかにあると推理している。

その一方で、『書斎の死体』と『スリーピング・マーダー』ではミス・マープルが、『邪悪の家』ではポアロが泊ったマジェスティック・ホテルは、トーキイのインペリアル・ホテルがモデルと言われている。とすると、ミード村はクリスティーの故郷トーキイ近辺の村とも想像されるのである。おそらくクリスティーは馴染み深い故郷の近くの村を念頭に置いて、ただし地理的にはロンドンから一時間半ほどの土地に設定したのではないだろうか、というのは筆者の推理。架空の村でもどうしても行ってみたいと思う方は、ジョーン・ヒクソン主演のTVドラマ「ミス・マープル」でミード村のロケ地となったハンプシャーにあるNether Wallopを訪れてみたらどうだろう。

TVドラマ「ミス・マープル」のセント・メアリ・ミード村のロケ地Nether Wallopの風景

# 51

## マープルの趣味は？

メイドや親友とおしゃべりをしたり、小説を読んでみたりといろいろな趣味をもつマープルだが、ミステリ・ファンの誰もが思い浮かべるのは彼女が編み物をしている姿だろう。とくにケープや赤ん坊の衣類を編むことが多く、編んだものは甥のレイモンドや友人たちにプレゼントしていたようだ。マープルは編み針をかたときもはなさずに丁寧に編み物をしていたが、その様子を田村隆一氏は詩に表わし「編み棒をリズミックに動かしながら毛糸を編んでいる」（「死体にだって見おぼえがあるぞ」）と描きだした。

また、マープルは庭いじりもこよなく愛した。土を掘り、花を植え、剪定作業もこなしてきた。だから、体を壊して自分で庭いじりができなくなり、やむなく村のおじいさんに庭仕事を任さざるをえなくなったとき、悲嘆にくれる。（『鏡は横にひび割れて』）

鋭い人間観察も趣味といえよう。セント・メアリ・ミード村の人々をつぶさに観察することを楽しみとし、マープルは日々を過ごしてきた。「感じのいいメイド」と「そうでないメイド」の区分けを明確にしたり、遠くに離れても育むべき友情を感じる相手はどんな人か見定め、そうして養った観察眼で事件について推理をめぐらすのである。趣味が事件を解決に導くというきわめて稀有なマープルは、脳細胞を稼働して論理を組み立てるポアロとは対照的だ。彼女の人間観察はきわめて鋭い。半身不随で車椅子生活を余儀なくされ、不平不満ばかりを口にし、周囲から疎まれていた富豪ラフィール氏の良さを見抜き、良き協力者になったのがそのいい例だろう。（『カリブ海の秘密』）

# 52

## 村の老嬢マープルはどのようにして事件に関わってゆくか？

ポアロのように脳細胞を駆使して推理を行なうのではなく、マープルは鍛えられた観察力、ゴシップをいちはやく知る情報力、それらの情報を貯めこんでおく記憶力、そして過去に自分の身の周りで起きた様々な出来事から事件の特性を類推し、解決へのヒントを得る。その推理の過程を具体的にみてみると非常にユニークでおもしろい。『火曜クラブ』の中に、レイモンド・ウェストが迷宮入り事件を解くにはどのような優れた頭脳が適しているか、という壮大な問題を語る場面がある。マープルは、〝カラザーズ夫人が小エビを買って他の店に寄ってから帰宅したとき、肝腎のエビが消失していたことに気づいた〟という例を挙げ、これをもって迷宮入り事件のなんたるかを説明しようとする。

『書斎の死体』では、親友ドリーの家の書斎で見知らぬ若い女の死体が発見される。このとき、彼女の夫は、あらぬ噂をたてられるが、マープルは「つまりこれは、トミー・

ボンドと村の新しい校長さんのマーティン夫人の話みたいなものですわ。彼女が柱時計のねじを巻きにいったら、蛙が一匹飛び出したわけです」といった程度のものと類推する。

『パディントン発4時50分』では、友人のマギリカディ夫人が並走する列車の中で男が女を絞殺するのを見たと主張するが、車掌が信じないという場面が出てくる。マープルは同様の状況を経験したことがあるので友人を弁護する。それによると、並行して走る列車の中で、幼い女の子が遊んでいた縫いぐるみのクマを突如隅の席で眠っていた男の人めがけて投げつけ、他の乗客たちはこの出来事を愉快に見ていた。これがとても印象に残っていたため、その人たちの顔形・服装を鮮明に覚えていたというわけだ。

パディントン駅構内

# 53 マープルはどんな少女だった？

少女のミス・マープルは想像しづらいかもしれないが、もちろんジェーン・マープルにも少女時代はあった。

子どものころのジェーンは健康でぴちぴちしたいたずら好きの少女だった。デンプンの溶液にヨードを二、三滴たらすと、インクそっくりの濃いブルーの液体ができる。それを使ってよくいたずらをした。そのインクで書いた文字は四、五日すると消えてしまうのだ。（「動機対機会」）信仰深い少女でもあって、夜寝るときは、いつもベッドの頭に聖句をピンで留めていた。その聖句は「求めよ、さらば与えられん」という句だった。ジェーンはなにをお祈りしていたのだろうか。（「聖ペテロの指のあと」）

一八八〇年代の生まれのジェーンは当時としては高い教育を受け、姉といっしょにドイツ人の家庭教師に勉強を習った。この女性はセンチメンタルな人で、黄色のチューリップは「望みなき恋」、ダリアは「裏切りと二枚舌」といった花言葉を教えてくれた。

（「四人の容疑者」）

その後、本格的な勉強をするためにフローレンスの寄宿学校に入った。そこで知り合った活気にあふれたアメリカ人の姉妹ルースとキャリイとは卒業後もずっと親交があった。（『魔術の殺人』）

おばのヘレンのお供をして、ロンドンの陸海軍ストアに買物に行ったり、こわごわタッソーろう人形館をのぞいたこともあった。十四歳の時の楽しい思い出は、大聖堂評議員のトーマスおじとおばとバートラム・ホテルに泊ったこと。悲しい思い出は、初恋の青年との交際を母にとめられて、一週間泣き暮らしたことだった。（『バートラム・ホテルにて』）

こんな風に作品からちょっとした記述を拾っていくと、ミス・マープルの過去が再構成される。みなさんもやってみたらどうでしょう。

カット／中村銀子

# 54

## マープルの甥、レイモンド・ウェストってどんな人？

マープルの甥であるレイモンドは、売れっ子の小説家で、その作品をマープルも「気の利いたもの」と評価している。懐はあたたかいようで、レイモンドは、マープルを思い出のバートラム・ホテルに招待したり、カリブ海への旅行費用を出してやったりするのだ。画家のジョーンと結婚し、幸せな生活を送っているようである。

彼はなかなか頭がきれ、村で起きた事件についてマープルと積極的に話したりもする。『火曜クラブ』では、どういう種類の頭脳が事件を一番うまく解決できるのかというテーマを口にし、様々な人々が集って事件を推理する「火曜クラブ」の創設のきっかけをつくる。

レイモンドは、田園生活という名の田舎暮らしに没入しているマープルを「ヴィクトリア朝の生き残り」と小ばかにするときもあるが、本心では伯母に深い愛情を抱いている。本を贈ったりするが、マープルの視力がおちて読めないんじゃないかと心配したり、一緒に芝居を観に行ったり、殺人事件に巻き込まれるなんてかわいそうだと心痛めたり、親身になってマープルに接するのである。

また、彼はマープルの〝家〟もとても気にいっている。太く黒っぽい梁がわたされ、どっしりした古めかしい家具が並ぶ、そんな古風な雰囲気のなか、のんびりとパイプをくゆらすのが好きなのだ。ちなみにマープルはたばこのにおいがきらいなのだが、大目に見ているようだ。彼はこの家の中でマープルが編み物をするのを見るのが、ことさら好きなようだ。マープルがなにやらふわふわしている物を編んでいる姿に思いやりのまなざしを向けている。

# 55

## 「書斎の死体」の髪の色は？

答えは、金髪。『書斎の死体』につけられた作者の序文によると、小説にはそれぞれのタイプによってお定まりの素材というものがあって、探偵小説では「書斎の死体」である。この陳腐な設定をあえて探偵小説の素材に選び、そのまま題名にしてみせようというのが、この作品の遊び心たっぷりなアイディアだ。

そんなわけで、セント・メアリ・ミード村の名士、バントリー大佐は、書斎に死体があるという妻の発言を、

「夢を見てたんだよ、ドリー……おまえが読んでいたあの探偵小説——『折れたマッチ棒の手がかり』。書斎の暖炉の前に敷かれたラグの上で金髪の美女が死んでいるのを、エッジバストン卿が発見する。小説のなかでは、つねに書斎で死体が発見される。現実にそんな事件がおきた例は、見たこともない」

と否定するが、実際、書斎で金髪の若い女性の死体が発見されることになるのである。

ちょうどそのころ海の向こうのアメリカでは、レイモンド・チャンドラーがエッセー「簡単な殺人芸術」で『オリエント急行の殺人』を「馬鹿だけが理解できる解決」と酷評し、評論家エドマンド・ウィルソンが「だれがロジャー・アクロイドを殺そうとかまうものか」ともう一つのエッセーで「彼女の作品は気の抜けた凡庸きわまるしろもので、読むに堪えない」とこき下ろした。

『書斎の死体』はそれらの批判より数年早く出版されたものだが、〝凡庸きわまる〟設定をあえて使用して読者を楽しませるというきわめて高度な遊びを実現している。『書斎の死体』とその序文はクリスティーの探偵小説マニフェストであり、的外れの批判に対する返答といえなくもない。

若い金髪女性の死体のあるミステリ（レックス・スタウト『赤い箱』）

# 56

## マープルはなぜ「ポケットにライ麦を」事件に関わったか？

「ポケットにライ麦を」事件で絞殺された小間使いのグラディス・マーティンは、以前セント・フェイス孤児院から行儀見習いとしてミス・マープルのもとに送られてきた娘だった。にきび面で、知能の発達が少し遅れ、ボーイフレンドを欲しがってもだれにも相手にされず、仲間の娘たちからはなにかとダシにされる。そんな娘だったが、その死骸の鼻を洗濯バサミではさんで凌辱した犯人は絶対に許しておけない、とミス・マープルは怒りにかられて、殺人の起きたフォテスキュー邸を訪れたのである。

クリスティーはその『自伝』で幼いころの乳母や料理人の思い出を愛情こめて記している。彼らはそれぞれの専門領域を持ち、責任ある仕事をする立派な人たちと感じていたようだ。第二次世界大戦以前の英国の中流家庭には最低一人以上の使用人がおり、大きな館となると十数人の使用人がいた。

男性は執事、従僕、庭師など。メイドはレディーズ・メイド（侍女）とハウスキーパー（女中頭）とコック（料理女）の下にパーラーメイド（客間女中）、ナースメイド（子守女中）、ハウスメイド（家女中）、ランドリメイド（洗濯女中）、キッチンメイド（台所女中）、スカラリメイド（洗い場女中）などの種類があった。そのほかコンパニオン（付添い婦）、付き添い看護婦、家庭教師などと多種多彩だ。

クリスティーのミステリにはこれらの使用人たちがつねに登場する。たとえば『パディントン発4時50分』を読むと、有能なハウスキーパーの仕事ぶりとはどのようなものかよく理解できる。ミス・マープルは孤児院の娘を引き受けて、行儀や家事を教えていたから、メイドの世界にくわしいのである。

# 57 セント・メアリ・ミード村は戦後どう変わった？

本通りに沿って、教会と郵便局といくつかの商店が並び、噂好きの老婦人たちが住んでいるセント・メアリ・ミード村は、時代と関係のない永遠のまどろみの中にあるように思われたが、第二次大戦後の変化の波はこの静かな村にも押し寄せてきた。

まず変わったのは、商店街。魚屋は魚がキラキラ光って見えるような、全体が冷蔵庫になっているショーウインドーをつけたし、通りのはずれの以前籐製品店のあったところにはスーパーマーケットができた。

最大の変化は、農園や放牧地だった小川の向こうに団地ができ、テレビのアンテナが林立する新住宅地を形成したことだった。量り売りではなくて、袋詰めの食料品を備えつけのカゴに入れ、レジに並ばなければならない不便な（老婦人たちから見て）スーパーマーケットは、おもにその新住宅地の住人を対象にしたものだった。

ミス・マープルにとって大きな変化は、もはや住み込みの家事見習いのなり手がいなくなり、新住宅地から通いのメイドがやってくるようになったことだ。新しいメイドは何度言いきかせても、応接間（ドローイング・ルーム）を休憩室（ラウンジ）と呼ぶ。

旧住宅地の建物は変わらなくても、人は変わった。ミス・ハートネルは健在だが、気むずかしいミス・ウェザビーは亡くなり、書斎の死体に悩まされたゴシントン・ホールの当主バントリー大佐も亡くなり、未亡人のドリー・バントリーは館を手放して、いまは人気映画女優マリーナ・グレッグが住んでいる。

そのゴシントン・ホールで再び殺人事件が起こるのが『鏡は横にひび割れて』だが、この作品はセント・メアリ・ミード村の変わりようが詳述されていて興味深い。

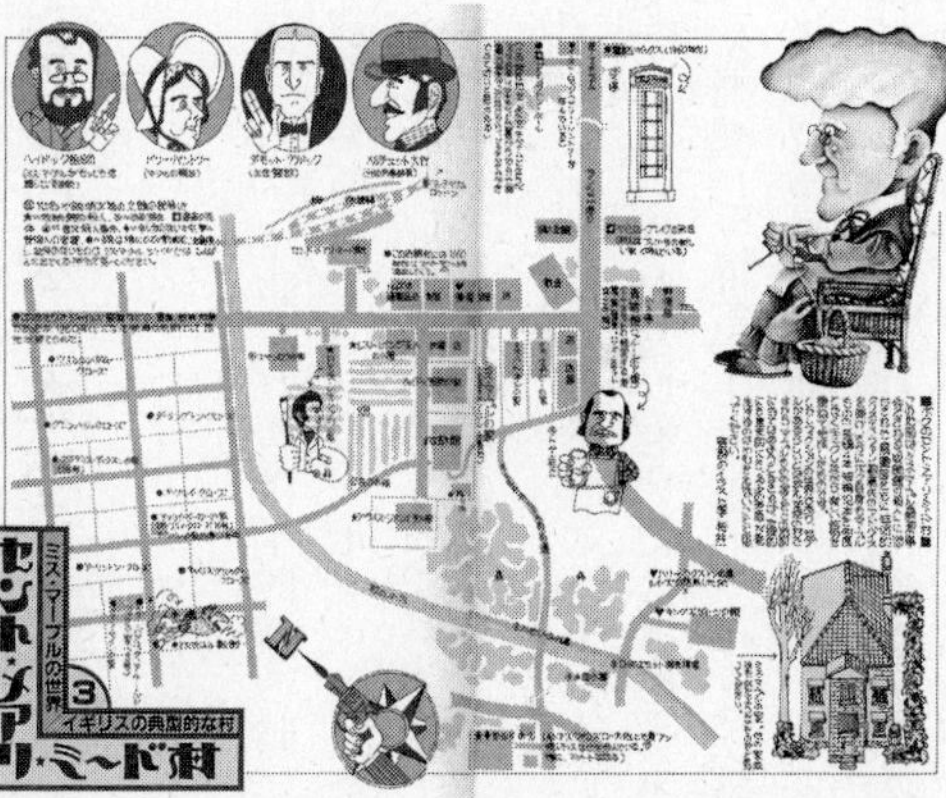


桜井一『ミステリマップ　名探偵たちの足あと』より

# 58

## 「バートラム・ホテル」のモデルになったホテルは？

甥のレイモンドの妻ジョーンのやさしい心遣いで、ミス・マープルは十四歳の時におじとおばに連れられて泊って楽しい思いをしたロンドンのバートラム・ホテルに一週間滞在することになった。一九六五年発表の『バートラム・ホテルにて』は、そのバートラム・ホテルが重要な舞台となる作品である。

バートラム・ホテルはどんなところかというと、賑やかなウェスト・エンドの中心部の、ポケットのような閑静な裏通りにあって、地味で、目立たないぜいたくさのあるホテルである。中に一歩踏み込むと、そこにはもはや消滅した世界――エドワード王朝の英国がそのまま残っている。名物は、銀製のトレイにジョージ王朝時代の銀製ティーポット、高級磁器のカップで運ばれてくる午後のお茶。「ロンドンで、今でもほんもののマフィンがいただけるところって、ここしかない」と言われるマフィンをはじめ、さまざまなお菓子や料理を午後のお茶とともに味わう。

フレミングス・ホテル

ブラウンズ・ホテル

このバートラム・ホテルはクリスティーがよく泊った実在のホテルがモデルと言われるが、二説ある。Dover 街と Albermarle 街に二つの入口のあるブラウンズ・ホテルという説と、Half Moon 街にあるフレミングス・ホテルという説だ。前者はクリスティー研究家のチャールズ・オズボーンが唱えた説で、後者は遺族公認の伝記を書いたジャネット・モーガンの説である。両ホテルとも我がホテルこそバートラム・ホテルのモデルと主張しているでややこしい。

実際に両ホテルを訪れたことのある田中弘氏は「ウィンタブルック・ハウス通信」で詳細に論証してブラウンズ・ホテルのように思われると述べている。

# 59

## マープルが大富豪のラフィール氏と知り合った場所は？

カリブ海の島でミス・マープルはラフィール氏に出会う。マープルは、ひどい肺炎を患ったため、医者に転地療養を勧められた。それを聞いた彼女の甥レイモンド・ウェストが気候の暖かな場所を手配することになり、マープルはカリブ海にある〈ゴールデン・パーム・ホテル〉に滞在する。島には腕のよい医者もいるし、親しみのこもった微笑をたたえる現地の娘たちや、話し相手になる年配の滞在客もたくさんいる。人種も多種多様で、イングランド北部からきた中年夫婦、南米の国から来た人々、中国人の一家などのお客がいる。従業員も、ウェイトレスは長身の黒人、給仕頭はイタリア人、ワイン・ウェイターはフランス人と、とてもにぎやかな様子だ。

すてきなバンガロー、パッション・フルーツのアイスクリーム・サンデー、にぎやかなバンド、肌をやくのにちょうどいい日光、青い海と療養には申し分のない環境だった。

しかしマープルは、判でおしたように同じである毎日に嫌気がさしていた。そんな時、滞在客の老齢の少佐が殺され、マープルは犯人捜しに追われることになる。そこで出会ったラフィールは、マープルにとって忘れがたい印象を残す男性だった。イングランドの北部でスーパーマーケットの大チェーン店を経営し、信じられないほどの大金持ちで、半身不随のため車椅子の生活を余儀なくされた、皺くちゃの猛禽類のような顔の男性である。彼の明晰な頭脳をみこんでマープルは事件を協力して調査することを申し出る。最初は、「編み物をするばあさんは嫌いだ」と言っていたラフィールも「ところがこのばあさんはみこみがある」と口は悪いがマープルに親しさを感じるようになるのだ。

# 60 トミーとタペンスがデビューしたとき二人の歳の合計は？

トミーとタペンス初登場の『秘密機関』（一九二二）の冒頭で「二人の年をあわせたところで、四十五にもならなかった」とある。

第一次大戦終了の翌年ころの物語だ。トミー（トーマス・ベレズフォード中尉）は前線で戦傷し、十カ月前に除隊。退職金を使い果たして職探し中。タペンス（プルーデンス・カウリイ）は、戦争中、将校病院で働いていたが、戦後お払い箱になり、やはり失業中。

職もなく、金もなく、あるのは若さと冒険心だけという幼なじみの二人は、早速「青年冒険家商会」を設立。〝若き冒険家二名雇われたし。何事も快諾。どこにでも参上。報酬よきものに限る。不当なる申し出も可〟という広告をタイムズ紙に出すことにする。

実際、大戦後、巷には軍を出ても仕事がなく、絶望的になっている若者があふれていた。クリスティー家にも元大尉とか中尉だった青年が訪れ、ドア・ベルを鳴らし、ストッキングや家庭用品を売りつけようとした。何とも痛ましい光景だった。このような人を二人取りあげてみようと思った、とクリスティーは『自伝』で書いている。

だが、文庫の解説で杉江松恋氏が示唆しているように、トミーとタペンスの精神的モデルは明らかにアーチーとアガサのクリスティー夫妻と考えていいのではないだろうか。大戦後、アーチーは軍を辞め、経済界に進出しようとしていたが、その職は不安定だったし、アガサの本はまだ出版されていなかった。経済的に苦しく、若さと冒険心だけ旺盛なのは、トミーとタペンスと同じだった。『自伝』に載っている一九一九年の二人の写真は、心なしかなにかに飢えたようにやせて眼が光っているように見える。

『おしどり探偵』原書

# 61 実年齢を重ねるトミーとタペンス、二人の晩年の活躍は？

ミステリに限ったことではないが、シリーズが長く続いたときに、主人公（たち）の年齢設定をどう変化させるかは重要な問題だ。年月とともに変化するのが自然なのか、どうか。クリスティーは、エルキュール・ポアロを誕生させたときの最大の失敗として、初登場時に年をとらせすぎたことだと後年語った。ミス・マープルも最初から老婦人として設定されているが、こちらはもともとシリーズ・キャラクターとして長く使うつもりはなかったらしい。結果的に二人は年月とともに年齢を重ねることはせず、超時間的な存在になった。

これと対照的なのが、おしどり探偵のトミーとタペンスだ。二人の初登場は一九二二年の『秘密機関』。この時点での二人は、合計しても四十五歳にならないという設定。二十二～三歳の若者だったことになる。一九二九年の連作短篇『おしどり探偵』では、まだ若夫婦だが、それから十二年を経た一九四一年発表の『NかMか』（作中では一九四〇年）では、ともに四十六歳。絵に描いたような中年夫婦で、二人の子供は成人になって軍務に就いている。さらに二十七年後に発表された『親指のうずき』では「仲よく朝食をとっている初老の夫婦」になっている。結婚して三十年以上が経ち、息子と娘はそれぞれ結婚している。一九七三年に発表され、クリスティーの実質的な遺作となった『運命の裏木戸』では推定七十五歳前後。娘は四十歳になり、孫もいる。記憶が怪しくなっていたり、夫婦の会話がかみ合わなかったりと、見事な老夫婦ぶり。若干計算が合わない部分もあるが、ほぼ実際の歳月と作中人物の加齢が一致しているのだ。

二人の生年は一八九四年ごろと推定されるが、これは一八九〇年生まれのクリスティーとほぼ同年代でもある。特に晩年のトミーとタペンスのおしどり夫婦ぶりには、クリスティーその人の幸福な老後生活が反映されているのだろう。

# 62 バトル警視の勤務先は？

『チムニーズ館の秘密』『七つの時計』や、ポアロと共演した『ひらいたトランプ』などで登場するバトル警視だけでなく、ポアロとはおなじみのジャップ警部も、スコットランド・ヤードに勤務している。

では、そのスコットランド・ヤードとは？

正式名称はMetropolitan Police（首都警察）で、〝ロンドン警視庁〟と訳されることが多い。その名のとおり首都ロンドンを管轄する警察組織で、一八二九年創設。しばしば誤解されるが、City of London Police（〝ロンドン市警察〟と訳されたりするのでややこしい）は別の組織で、中心部のシティ（金融街）だけを管轄している警察だ。ヤードの管轄は、そのシティをのぞくグレーター・ロンドン全域だが、難事件の際には地方警察に捜査官を派遣することもある。頂点に立つ総監のもと、十一の階級があり、三万二百三十五人の警察官と一万千九百六十六名のスタッフ、四百九十三名の交通監視官、千三百九十二名のサポート職員が所属している。管轄は約六二〇平方マイル、管轄下の人口はおよそ七百二十万人。世界有数の巨大警察組織である。（公式ホームページ http://www.met.police.uk/ による）

場所も管轄もスコットランドとは関係がないのにスコットランド・ヤードと呼ばれるのは、創設時の本部が旧スコットランド王室の離宮跡にあったからに過ぎない。日本の警視庁を〝桜田門〟と呼称するのと同じようなものか。その後、一八九〇年にエンバンクメントに本部を移転してニュー・スコットランド・ヤードとなり（ポアロがお馴染みなのは、この時期）、現在はウェストミンスターに移転してニュー・ニュー・スコットランド・ヤードとなっている。

ニュー・スコットランド・ヤード

# 63 ハーリ・クィン氏の名前の意味とは?

ハーリ・クィン（harlequin）とは、イタリア喜劇の道化役のことである。無言劇《パントマイム》に登場し、まだらの服を着ていることが多い（そのため英語では、まだらの蛇をハーレクィンと呼んだり、黒と赤のまだら模様のカメムシをハーレクィン・バグという）。

クリスティーの家の暖炉の上には、ドレスデン製の道化役人形セットが置いてあった。クリスティーは幼い頃からこの人形に魅了されてきたという。イギリスでは、道化役は、クリスマスの時期にパントマイムを行ない、人々に親しまれていた。仮面をつけて跳び回るその様に魅了されたクリスティーは、ハーリ・クィンを主人公に据え、十三の短篇に登場させた（長篇には登場しない）。

クィン氏は、自由自在に姿を隠し、突如現われては、また消える、超自然的な存在として描かれる。カーニバルの季節に突如現われたり、海をみおろす断崖に突如現われたりと、どこにでも現われる。謎の中心にいて、糸を操りすべてを見とおすような全知全能感を醸し出している。不思議な彼の側にいると、周囲の人間は自分が芝居の中で役を演じているような気分になってしまう。しかし、一方で彼を思い描こうとするのはなかなか難しい。外見は、背が高くて痩せ型、黒髪で、年が若く、「不思議な光を放つ」ように見える。彼の顔の詳細や人間関係は明らかにされず、この点はクリスティーの他の個性的な探偵たちと著しく異なる。

さて、探偵としてのクィン氏は恋人たちにふりかかる問題をとくに解決する。犯罪容疑に問われて窮地に立たされている男女に救いをさしのべるという、これまたポアロものやマープルものとは異なる「色恋」をテーマにしている点も特徴的だ。

# 64　パーカー・パインはどんな広告を出しているか？

三十五年間の官庁勤めを終えたパーカー・パイン氏は、人の悩みを解決する、心の専門医を開業する。その広告は別図の通り。こんな小さな広告で客がくるのかと心配にもなるが、ちゃんと経営できるようだ。ちなみに料金はそのつど変化するようで、二百ギニー、五十ポンド、六十五ポンド十七シリング、五ポンドなど。前払いを要求したり、あとから経費のみを請求したり、相手の経済状態で変化させている節もある。けっして法外な高値ではないのに、事務所と秘書に費用をかけ、依頼の解決のために多くのスタッフを駆使したりするので、ふたたび経営状態が心配になったりもする。まあ、パイン氏が退職役人であることを考えると、年金かなにかで充分に生活できるので、心の専門医は老後の余技なのかもしれないが。

パイン氏の外見は、なぜか依頼人に安心感を与えるようだ。肥満体ではないが図体が大きく、形のよいはげ頭に、度のきついメガネをかけ、小さな目には輝きがある。自ら語るように、彼は三十五年間の官庁勤めのあいだ統計収集の仕事をしていたのだが、その体験を活かすべく、不幸の治療をはじめたのだ。人の不幸を分類できるようになる〝統計収集〟って、どんな仕事なのだろう？

パーカー・パインの物語は、一九三三年に刊行された『パーカー・パイン登場』に収録された十二篇の短篇と、『黄色いアイリス』収録の二篇のみ。クリスティーはこの初老の紳士をいたく気に入っていたようで、エルキュール・ポアロよりもリアルなキャラクターだと考えていたようだ。一九四七年には「アメリカのラジオ・シリーズには、うってつけ」とエージェントに語っているくらいだ（もっとも、そのシリーズは結局ポアロのシリーズになってしまった）。ならばもっと書いてもよさそうなものだが、パイン氏の登場はついにこの十四篇で終わってしまった。

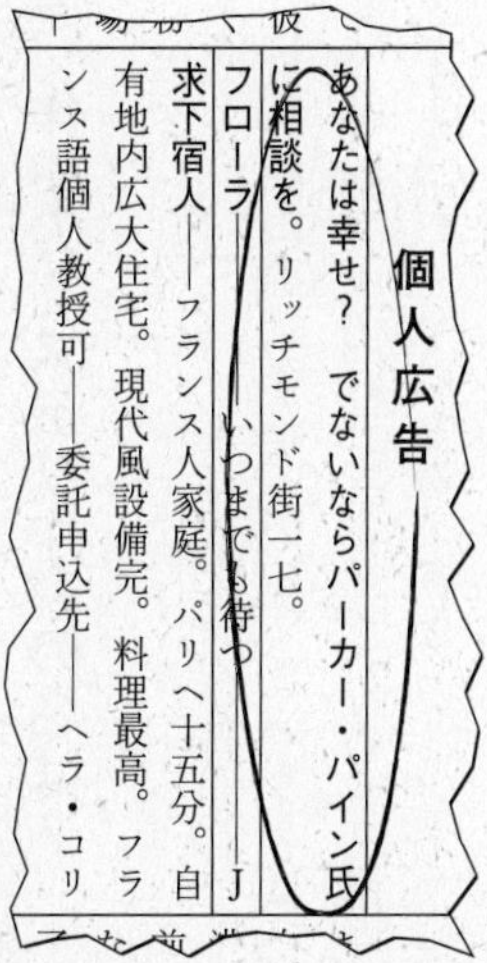
個人広告

あなたは幸せ？　でないならパーカー・パイン氏に相談を。リッチモンド街一七。

フローラ――いつまでも待つ――J

求下宿人――フランス人家庭。パリへ十五分。自有地内広大住宅。現代風設備完。料理最高。フランス語個人教授可――委託申込先――ヘラ・コリ

# 65

## クリスティーを髣髴《ほうふつ》させる、作中のミステリ作家の名は？

〝売れっ子の探偵作家〟で、〝その作品は世界各国に翻訳されている〟というから、アリアドニ・オリヴァは、まさにクリスティーを髣髴させる存在である。好奇心が強く、陽気でおしゃべり好きで気のいい女性。いつも小説のタネになるようなトリックや犯行動機を考えているというプロ作家らしいところもあるが、実際の殺人事件などにも興味津々で、首をつっこみたがるトラブルメーカーでもあり、かなりおしが強い面ももつ。

彼女の住居は、人生相談事務所（パーカー・パインの事務所）があるビルの最上階にある。好物はリンゴで肌身離さず持ち歩いては齧り、ソファに腰を降ろすと体が揺れるほどの体格、とじつに特徴的な登場人物である。

特筆すべきはそのファッション感覚で、日々実験的なヘアスタイルの研究にいそしんでいるらしい。「まるで風に吹き飛ばされて、ザンバラ髪になったような」髪の毛のときもあれば、「髪の毛を濃い藍色に染めて、無理にこしらえたちいさなカールを幾重にも上へと積みかさね」た髪型のときもある。

ポアロはミセス・オリヴァに対して、会うのが面倒といったそぶりをみせるが、旧知の間柄ということもあり、いざ会えば友好的に話をかわす。オリヴァのほうもポアロに探偵作家クラブの例会での講演を依頼したり、ポアロの好物のチョコレートやシロップを用意して午後の紅茶に誘ったりと親交を深めている。

もちろん「探偵役」としてもそこそこがんばりをみせ、ポアロと張り合って犯人を推理しようとしたり（『ひらいたトランプ』）、事件を予感してみたり（『死者のあやまち』）する。

カット／中村銀子

# 66

## 最初に出版されたミステリの題名は、またその部数は？

一九一六年に完成した『スタイルズ荘の怪事件』の原稿は、まずはホダー・アンド・スタウトン社に送られた。原稿は一片の紙片すらつけずに返送されてきたが、クリスティー本人は別に驚きもしなかったと回想している。すんなり採用されるわけがないと思っていたようだ。その後、メシューイン社（ここは丁寧な断り状をつけてきた）を含めた数社に送られたが、採用にはいたらず、本人も希望を失いかけたところで、ボドリー・ヘッド社からの手紙が届いた。同社に原稿を送ってから二年も経ってのことだった。老獪なプロの出版人であるボドリー・ヘッド社のジョン・レーンは、かなり不利な契約条件をクリスティーに呑ませたが、最終章の書き直しなどをアドバイスし、『スタイルズ荘の怪事件』は一九二〇年にアメリカで、一九二一年にはイギリスでも刊行された。当初彼女はペンネームで出版するつもりで、マーティン・ウェストとかモスティン・グレーといった名前を考えていたが、レーンは実名、とくに洗礼名のアガサを主張して譲らなかったという。あらゆる意味で「アガサ・クリスティー」の生みの親はレーンであるということだ。だが、彼女の印税は最初の二千部を超えるまではなく、雑誌掲載権や劇化権の収入は出版社と折半、さらに今後の五冊の本についての優先検討権を与えるという厳しい条件だった。

人気が高まるにつれ、ボドリー・ヘッド社に不満を持つようになったクリスティーは、イーデン・フィルポッツの推薦で著作代理事務所のヒューズ・マッシーに依頼し、今でもクリスティー作品を出版し続けているコリンズ社へ移籍する。移籍第一作は一九二六年の『アクロイド殺し』。この作品が大論争を巻き起こして、彼女は人気作家としての立場を確固たるものにしてゆくのだ。

『スタイルズ荘の怪事件』原書

『スタイルズ荘の怪事件』（ポケミス版）

# 67 ポアロとマープルの最後の作品、『カーテン』と『スリーピング・マーダー』はいつ書かれた？

第二次世界大戦の最中、一九四〇年にドイツ軍の空襲を受けるロンドンにいて、クリスティーはふたつの重要な作品を執筆し始めた。ポアロ・シリーズの最終作『カーテン』とミス・マープル・シリーズの最終作『スリーピング・マーダー』である。自分の身に何かあった場合の家族への配慮だった。

ともに一九四三年に完成し、『カーテン』の印税は娘ロザリンドに、『スリーピング・マーダー』の印税は夫マローワンに贈られるよう手配し、死後出版の契約で原稿は版元の金庫に収められた。

このころ、ポアロに嫌気がさしていたクリスティーは『カーテン』を早くに出版して彼の存在を「抹殺」しようとした。しかし、あいにく彼はクリスティーの最大の収入源だったのでやむなく思い止まった。『スリーピング・マーダー』については、最初の仮題は「彼女の顔をおおえ」というものであった。これはジョン・ウェブスターの悲劇

「マルフィ公爵夫人」からとったタイトルだった。

やがて時が経ち、クリスティーも齢を重ねていく中、一九七一年の暮れ、老朽化した自宅の修繕費に心を痛め、老齢年金の受給についてや、購入したベンツの維持費を心配する夫マローワンに、『スリーピング・マーダー』があるからと安心させたという。

一九七五年、ロザリンドの意見で予定を変更し、『カーテン』は発表された。そしてクリスティーが亡くなった後、一九七六年に『スリーピング・マーダー』は出版された。同書のカヴァー・デザインを出版前に見せられなかったことに対し、ロザリンドは苦情を申し立てた。それは、クリスティーが、生前いつも自著のカヴァーの出来映えを気にかけていたからだった。

娘ロザリンド

夫マックス・マローワン

# 68 クリスティーが書いた冒険ミステリは何冊？

八冊。冒険ミステリとは、謎はあるとしても、推論による謎の解明より、むしろ冒険とサスペンスに重きをおいた作品のこと。国の命運を左右するような重要な機密や陰謀をめぐって情報部員、ギャング団、陰謀団などが暗躍する。スパイ小説、冒険小説、スリラー、国際謀略小説などと呼ばれることもある。

アガサ・クリスティーを〝ミステリの女王〟と呼んだりするときは探偵小説の作者の意味で使われるが、冒険ミステリもずいぶん書いている。とくに処女作からの十年間は探偵小説と冒険ミステリをほぼ交互に書いていた。

『スタイルズ荘の怪事件』→『秘密機関』（初登場のトミーとタペンスが極秘条約文書をめぐる冒険に挑む）→『ゴルフ場殺人事件』→『茶色の服の男』（国際的犯罪組織が関係した事件に孤児のアンが挑む）→『ポアロ登場』→『チムニーズ館の秘密』（バルカンの小国をめぐる陰謀事件に好漢アンソニー・ケイドが挑む）→『アクロイド殺し』

ハンドレページH. P. 42

→『ビッグ4』（ポアロが登場する国際謀略小説）→『青列車の秘密』→『七つの時計』（『チムニーズ館の秘密』に登場した面々が活躍する冒険ミステリ）。

『牧師館の殺人』（一九三〇）以降は、探偵小説に専念するようになるが、それでも国際的陰謀が絡む『バグダッドの秘密』（一九五一）『死への旅』（一九五四）『フランクフルトへの乗客』（一九七〇）を書いた。冒険的なことが好きで、外国旅行もよくしたクリスティーは、約束事の多い探偵小説だけでは我慢できなかったのだろう。クリスティーの冒険ミステリでは、作者の願望を実現したような、元気のよい冒険心に溢れた若い娘が活躍するのが特徴だ。

# 69

## 中近東を舞台にした長篇小説は何冊？

『メソポタミヤの殺人』（一九三六年）
『ナイルに死す』（一九三七年）
『死との約束』（一九三八年）
『バグダッドにやってくる』（一九五一年）
『死への旅』（一九五四年）

『バグダッドの秘密』（一九四五年）

以上の六篇が、中近東を舞台にしているといえる長篇作品。このほかにも冒頭シーンだけは中近東である『オリエント急行の殺人』や『鳩のなかの猫』などもあるが、物語の主要シーンは中近東ではないので除く。そもそも中近東とはどのあたりまでをいうのか微妙なので、モロッコを舞台にした『死との約束』は中近東ものには入れないかもしれない。

クリスティー自身は、少女時代の社交界デビューがエジプトのカイロだったくらいで、もともと中近東にはなじみがあったのだが、真の意味で中近東に興味をもち、そこに惹かれるようになったのは、一九三〇年のメソポタミア旅行以後であり、その旅の途上で出会った二度目の夫マックス・マローワンの影響であろう。毎年のようにイラクやシリアへ発掘に出かけ、長期間現地に滞在していたのだから、興味がわくのも当然だ。じっさい、中近東ものが書かれた時期は、マックスとの発掘旅行が恒例となっていた時期とほぼ符合している。

# 70 マザーグースに関係ある作品の数は？

マザーグースに関係する作品は長篇ミステリ六十六冊に限っても数多くあるが、関わり方から、主に三種類に分類できる。

第一は、マザーグースの歌詞どおりの殺人が起こるというミステリである。いわゆる〝見立て殺人〟を扱った作品で、ご存知『そして誰もいなくなった』はこの範疇に入る最高傑作である。またマープルものの『ポケットにライ麦を』も、見立て殺人を扱った典型例といってよい。

第二は、マザーグースを物語の背景に利用している作品である。典型例はポアロものの『五匹の子豚』で、五人の容疑者の名前などをマザーグース〝五匹の子豚〟の内容からとっている。また同じポアロものの『愛国殺人』もマザーグースの歌詞を章の題にあてるなど、巧みに利用している。さらに『ねじれた家』や中篇「三匹の盲目のねずみ」もこの範疇に入れてよいであろう。

第三は、マザーグースの歌詞の一部を題名に用いているものの、物語とは直接関係のない作品である。すぐに思い浮かぶのは『ヒッコリー・ロードの殺人』や『マギンティ夫人は死んだ』であるが、『白昼の悪魔』もそうであるようだ。

ここまでで長篇八冊（中篇一本）であるが、さらにマザーグースが会話の中や地の文に登場する作品を矢野文雄氏の調査結果を参照してざっと挙げると、『スタイルズ荘の怪事件』『ABC殺人事件』『三幕の殺人』『杉の柩』『満潮に乗って』『葬儀を終えて』『動く指』『NかMか』『バグダッドの秘密』『ゼロ時間へ』『七つの時計』などすぐに十指を越えてしまう。クリスティーがマザーグースを好んだのは間違いないところだ。

# 71 乗り物の中で事件が起きる作品は？

クリスティーがミステリを書きはじめた一九二〇年頃から、欧米では空と海と陸で交通手段が急速な発達をとげた。大型客船が大西洋を行き交い、大陸を寝台車付きの急行列車が走り、飛行士たちは冒険飛行の記録に挑戦した。リゾート地は賑わい、高級ホテルには豪華な自動車が横付けになる。

クリスティーのミステリにはこうした乗り物がしばしば登場するが、それは彼女自身、スピードの出る乗り物を好んだということもあったが、それだけでなくこの交通手段の発達とホテル産業の振興が、見知らぬ人々が一カ所に集まる〝閉ざされた空間〟を形成することを助け、ミステリに格好の舞台を提供することになったからだ。

ポアロものでは、ロンドン発リビエラ行きの豪華寝台列車で殺人事件が起きる『青列車の秘密』（一九二八）、ヨーロッパを走るオリエント急行の個室でアメリカの大富豪が死体で発見される『オリエント急行の殺人』（一九三四）、パリ発ロンドン行きの定

期旅客機プロメテウス号で老婦人が殺される『雲をつかむ死』（一九三五）、ナイル川周遊の観光船が舞台の『ナイルに死す』（一九三七）、ミス・マープルものでは、ロンドンから村に帰る主婦が並行して走る列車内で起こりつつある殺人を目撃する『パディントン発4時50分』（一九五七）が有名。

短篇では、『パーカー・パイン登場』中の「あなたは欲しいものをすべて手に入れましたか？」がコンスタンチノープルへ行く列車内の事件、「ナイル河の殺人」が船上の事件。ポアロが登場する「エルマントスのイノシシ」（『ヘラクレスの冒険』）は珍しいケーブルカー中の事件、「プリマス行き急行列車」（『教会で死んだ男』）は『青列車の秘密』の原型となった作品だ。

# 72 ゲームの出てくる作品は？

ミステリは一種のゲームであるから当然のことであろうが、ミステリ作家は概してゲームが好きである。クリスティーも例外ではなく、なかでもトランプ・ゲームのブリッジは彼女の大のお気に入りであった。そのブリッジを扱ったミステリが『ひらいたトランプ』である。

ブリッジは二人一組の四人でするゲームだが、プレイ段階では常に一人だけはダミーとしてプレイに参加しない。その間はだまったまま席についていてもいいし、離席してもかまわない。そのことを利用してプレイに熱中している間に、殺人が起こるというのが『ひらいたトランプ』で、ブリッジを知っていればより楽しめるミステリである。

意外といえば、中国生まれの麻雀が『アクロイド殺し』に登場していること。麻雀は一九二〇年代の初期に欧米に紹介され、一時期流行ったのだが、なぜクリスティーは作品の中に麻雀を登場させたのかは、若島正氏の『乱視読者の冒険』（自由国民社）の中で詳しく論じられている。

チェスの出てくる作品は『ビッグ4』。ロシアのチャンピオンと対戦したアメリカ青年が白のビショップを握ったまま謎の急死をした事件をポアロが解決する。またチョイ役ながら、『ABC殺人事件』には二十八枚の牌を使ってプレイする一種の西洋カルタ、ドミノが登場している。

純粋なゲームとは言い難いが『予告殺人』に登場するゲームが〝殺人ごっこ〟。あらかじめ犯人と探偵役を決めておき、参加者を一人一人訊問して犯人を当てるという遊びだそうだが、日本ではミステリ・マニアが集まったときに行なわれる程度であろう。

# 73

## スポーツに関係した作品は？

クリスティーは、ダンスやローラースケートなどの体を動かすことが好きだった。作品の中にも様々なスポーツを登場させている。

『ゴルフ場殺人事件』では、ポアロがオープン前のゴルフ場に、殺人事件の調査のために赴く。しかしポアロが十八ホールをまわって楽しんだという記述はない。

『死者のあやまち』にはテニスが登場する。舞台となる田舎屋敷では、ちょうどテニスコートの設計の真っ最中。そこの当主はテニス場に「中国の塔のようなものをくっつけて、なんなら竜もくっつけて造ろう」というのだから、珍妙なオリエンタリズムが感じられる。

『白昼の悪魔』では、海水浴客が水遊びをしている様が描かれる。ピチピチした肉体やセクシー美女に対し、ポアロがどう挑むかが見物。

『ねずみとり』では大雪に閉ざされた山荘で事件が起きる。そこにやってくる刑事は車

カット／つのださとし

が通れなかったのでスキーでやってくる。悪天候にもかかわらず、スイスイやってくるのだからよほどのテクニシャンなのだろう。

『招かれざる客』では、かつてケニアで猛獣《ハンテ》狩り《ィング》をしていた男が登場。しかし後に英国に戻ってきてからは、近所の猫やら鳥やらを撃ち、はては気にいらない人間も撃ちまくるようになる。

『運命の裏木戸』では七十歳は越えているであろうタペンスが、おおいにハッスルする。木馬〈トルーラヴ〉に乗って、丘をすべりおりるのだ。足でブレーキをかけるも止まらず、茂みにつっこむが、平然と立ち上がる様が描かれている。

# 74

## 降霊会や霊媒などの出てくる作品は？

現在の超心理学にあたる心霊学は、十九世紀後半からとくにイギリスで盛んになった。一八八二年には「心霊研究協会」が設立され、哲学者・科学者・知識人までが真剣に超常現象に取り組むようになった。第一次世界大戦で息子を失ったコナン・ドイルが心霊学の虜になったのは有名な話だ。

普通は何人かで「降霊会（セアンス）」を開いて、霊と交信する。このとき外界の霊の伝言をこの世に伝える役割をするのが、霊媒である。

降霊会が出てくるクリスティーの長篇ミステリは二作ある。『シタフォードの秘密』（一九三一）では、降霊会の模様がくわしく描かれている。降霊会である男が死んでいると霊が告げ、心配になった友人が訪ねてみると男は実際に殺されていた。もう一作は『蒼ざめた馬』（一九六一）。こちらには霊媒も登場して、降霊会というより黒魔術のような儀式が描かれる。どちらの場合も、あたかも超常現象による殺人が実現したかのような不思議な殺人事件が起きるのである。

超常現象を扱った作品は、むしろ短篇に多い。『死の猟犬』（一九三三）は「検察側の証人」を除く十一篇がすべて超常現象に関係した異色の短篇集だ。『謎のクィン氏』（一九三〇）、『火曜クラブ』（一九三二）にも降霊会、霊媒、心霊研究者などが出てくる短篇が含まれている。

「洋裁店の人形」（『教会で死んだ男』）や「仄暗い鏡の中に」（『黄色いアイリス』）のような純幻想的な作品がないわけではないが、〝幻想と怪奇〟風な作品であっても、クリスティーの場合は合理的な説明があるのがほとんどである。『自伝』によると、若いころ、クリスティーは心霊術に興味は持っていたが、非公式の婚約者の心霊術への傾倒ぶりにはうんざりしていたとある。

# 75 演劇に関係した作品は？

クリスティー自身、「ねずみとり」などの傑作戯曲の作者であり、演劇には終始関心を寄せていた。彼女の少女時代はまだ映画が普及しておらず、観る楽しみの主流は演劇だった。幼いころから演劇に親しんでいたクリスティーにとって、演劇はミステリを書くうえで大きな影響を与えたにちがいない。

クリスティーの戯曲の多くが、自らの長短篇を劇化したものであることを考えると、そもそもクリスティーの小説作品が演劇的な構造を持っていると言えそうだ。

ポアロとマープルの最後の作品、『カーテン』と『スリーピング・マーダー』は、演劇と深い関わりを持つ作品だ。『カーテン』では、クロスワード・パズルのキーワードに関連して、ヘイスティングズと娘のジュディスが『オセロ』の台詞を口ずさみ、また殺人を教唆するイヤゴーのやり口について考察している。『スリーピング・マーダー』では、ヒロインのグエンダ・リードが、ミス・マープルらとジョン・ウェブスターの悲劇「マルフィ公爵夫人」を観劇にいき、「女の顔をおおえ、目がくらむ、彼女は若くして死んだ」という台詞を聞いて悲鳴をあげる。

『マギンティ夫人は死んだ』では、ミセス・オリヴァが自作の劇化について劇作家のロビン・アップワードと協議する。『魔術の殺人』では舞台装置が落下して犠牲者が出、ミス・マープルは〝舞台と魔術〟について考える。『エッジウェア卿の死』は女性の物真似芸人と有名女優の話であり、『鏡は横にひび割れて』は映画女優が中心的役割を果たす。『三幕の殺人』は事件を芝居に見立てた傑作ミステリだ。その他そこここに演劇に関する記述があるので発見してみよう。

ウエスト・エンドの劇場街

# 76 意外に少ない密室殺人テーマ？

探偵小説といえばまず思い浮かべるのが密室殺人物だが、これがクリスティー作品では意外と少ない。

ドアに内側から鍵がかかり、窓からは出入り不可能という典型的な密室での殺人事件は、長篇ではイラクの遺跡発掘隊の宿舎を舞台にポアロが登場する『メソポタミヤの殺人』（一九三六）一作しかない。

『ポアロのクリスマス』（一九三八）では、ドアに鍵がかかり、窓も厳重に閉じられた書斎で大富豪の老人が殺され、「密室殺人？」と思わせるが、事件直後ポアロが鍵は外からかけられたことを見抜いて、密室殺人ではなくなる。ただし、なぜ犯人がわざわざ外から鍵をかけたかが問題とはなるが。

典型的な密室でないが、『ひらいたトランプ』（一九三六）では、ブリッジをする四人と被害者のほかはだれも出入りしなかった客間で殺人が起こるので密室殺人といえるだろう。また『雲をつかむ死』（一九三五）も乗客乗員二十五人を乗せた旅客機内という〝密室〟での事件であるし、あの『そして誰もいなくなった』（一九三九）も、舞台は悪天候のため接近不可能な孤島という〝密室〟になっている。

以上の傑作とされる五作が三五年から三九年の五年間に集中していることは、この時期クリスティーの関心が〝密室〟にあったことを示している。

とはいえ、典型的な密室殺人が一作だけということは、物理的なトリックに傾きがちな典型的密室より、クリスティーは「推理は、心理的方向をとる」（『ひらいたトランプ』）ような「密室的な空間」あるいは「閉ざされた空間」の方を好んだといえるのかもしれない。

# 77

## 殺され方のベスト5は?

クリスティー作品を何冊か読めば、読者は毒殺される被害者が多いことに気づくであろう。事実、欧米ではクリスティーは「ボルジア家以上に毒から利益を得た唯一の女性」と言われている。

クリスティーは、結婚したての夫が第一次世界大戦でフランスに出征したため、一時トーキイの病院で薬局の助手として働いた。毒殺に興味を持ったのは、薬剤師の資格を得るための勉強をしながら、毒薬の知識も得たからである。その時期に書かれた第一作『スタイルズ荘の怪事件』でも、毒殺事件の謎が取り扱われている。

ということで、殺され方のベスト1は、毒殺で確実なのだが、二位以下は簡単にはわからない。ここでは対象作品を長篇ミステリ六十六冊に限定し、クリスティーの公式ホームページ(http://www.agathachristie.com/)のデータを主に利用して、殺され方ベスト5を調べてみた。

カット／つのださとし

その結果、まず全被害者数は一六一名（一冊平均二・四人が殺されている！）。殺され方のトップは予想どおり毒殺で、その被害者は六二名（割合は三九％）であった。そして殺され方の二位以下を列挙してみると、第二位は射殺で、その被害者二三名（一四％）、第三位は撲殺で、その被害者二一名（一三％）、第四位は刺殺で、その被害者一六名（一〇％）、第五位は絞殺で、その被害者一五名（九％）であった。

撲殺や刺殺、射殺といった血を見る殺し方と比べると、上品な（？）毒殺はそれらの三倍近い数である。紙上の殺人とはいえ、「クリスティーは毒殺魔」であったことが定量的に証明されたわけである。

# 78 殺人の被害者は男性と女性、子供、青年、中年、老年のどれが多い？

自分が読んだクリスティーのミステリを思い返してみて、被害者はだれだったか、一番目の被害者は思い出せるとして、二番目、三番目の被害者になると心もとない。まして男、女、青年、中年、老年の区別など正確に答えられるはずがない。だいたい青年、中年、老年に、はっきりとした境界があるわけでもない。ほとんど意味のある設問とは思えないが、ともかく数えてみた。

ただし、調査対象にした作品は本格推理の長篇五十五作にかぎった（トミーとタペンスものと冒険ミステリは除く）。青年、中年、老年の区別は多分に恣意的である。

一、被害者は男性と女性はどちらが多い？

男性の被害者　四一・九％

女性の被害者　五八・一％

二、被害者は子供、青年、中年、老年のどの年齢が多いか?

子供の被害者　四・八%（内訳、男三・二%、女一・六%）
青年の被害者　三二・三%（内訳、男六・五%、女二五・八%）
中年の被害者　四二・八%（内訳、男二二・六%、女二〇・二%）
老年の被害者　二〇%（内訳　男九・七%、女一〇・三%）

目立つのは、若い女性の被害者が若い男性の被害者に較べて圧倒的に多いことだろう。

以上の結果からなにか意味ある結果が導き出せるとはとても思えない。この設問を考えた者は呪われた方がいい。

ちなみに犯人の男女比も調査してみたが、ほぼ半々だった。被害者にしろ、加害者にしろ、クリスティーはまことに用意周到で、統計的な確率は、読者の推理の手助けになんらならないのである。

カット／つのださとし

# 79 『そして誰もいなくなった』や『白昼の悪魔』の舞台といわれる島の名は？

答えはバー・アイランド。イギリス南西部のデヴォン州はクリスティーの故郷。愛するこの地を舞台に彼女は何篇もの作品を書いていて、とりわけバー・アイランドはその不思議な地形ゆえに、彼女のイマジネーションを大いに刺激したらしい。実はこの島は干潮時は海水が引いて陸続きになっているのだが、満潮時には「孤島」になってしまうのだ。つまり時間帯によっては、島自体が海岸から突き出た「密室」と化すのである。

これは怖ろしい！　ゴシックの極み！　と思って数年前に実際に訪ねてみた。が、現実のバー・アイランドは暖かく明るいリゾート地であった。島の前のビッグベリー海岸は人気の海水浴場で、満潮でも靴を手に持って楽しそうに裸足で島に渡る人が多い。島へ行きたいけれども靴は脱ぎたくない、という人はここの観光名物であるシー・トラクターという海水の中を走る二階建てバス（？）に乗って島へ渡ることもできる。

島の中腹には純白の「バー・アイランド・ホテル」がある。部屋数は二十四部屋。全

© Tadashi Oyama

バー・アイランド

室スイート・ルームで、ブリティッシュ・アール・デコ調の内装である。チャーチル、カーク・ダグラス、ノエル・カワード、ビートルズ、エドワード八世&シンプソン夫人といった有名人も訪れた由緒正しいホテルで、当然若き日のクリスティーも滞在している（クリスティーの名を冠した部屋もあって、一泊二九〇ポンド）。ディナー時は正装でないとダメらしい。

このホテルは撮影にも使われることが多く、デビッド・スーシェ版『白昼の悪魔』や、ジョーン・ヒクソン主演の『復讐の女神』でも登場している。後者では、カリブ海にあるラフィール氏の別荘という設定で、空撮が素晴らしかった。

ホテルの右にあるなだらかな坂を登っていくと島の頂上にでる。石造りの展望台があって、ここから見るビッグベリーの海岸が美しい。ただし後ろを振り返るとビックリするような断崖絶壁。ミステリの舞台には、やっぱりふさわしいかも。

# 80 トーキイのインペリアル・ホテルが別名で出てくるミステリは？

インペリアル・ホテルは、クリスティーの生地トーキイの海を見下ろす高台に建っている。かつては夜な夜な舞踏会が開かれ、ロイヤル・ファミリーもよく泊ったという由緒あるホテルで、ホテル内にはクリスティーの肖像の入った銅板が掛かっているそうだ。

クリスティーはマジェスティック・ホテルと名をかえて、このホテルを三度ミステリに登場させている。

最初は『邪悪の家』（一九三二）。トーキイはこの物語の中ではセント・ルーという名になっている。ここのマジェスティック・ホテルのテラスで休暇のひとときを楽しんでいたポアロとその友人のヘイスティングズはヒロインのニックと出会う。眼下の広い庭園にはシュロの木が植わり、紺碧の海、晴れわたった空、八月の日光が照りつけて申し分のない一日を約束していたが、邪悪な犯罪はすでに彼らのかたわらに忍びよっていた。マジェスティック・ホテルの階段状のテラスが事件の発端の場面の背景となっている。

次に登場するのは、『書斎の死体』（一九四二）。セント・メアリ・ミード村のバントリー大佐の書斎で発見された死体の主が、マジェスティック・ホテルで踊っていた女性ダンサーだと判明し、ミス・マープルはホテルのテラスで編み物をしながらお得意の推理をする。ジョーン・ヒクソン主演のTVドラマの「書斎の死体」ではインペリアル・ホテルでロケが行なわれたので、ご覧になるとホテルの様子がよく分かる。

最後は『スリーピング・マーダー』（一九七六）で、事件を解決した後、ミス・マープルはこのホテルに宿泊する。

© Tadashi Oyama

© Tadashi Oyama

インペリアル・ホテル（上下とも）

# 81

## クリスティーが他の作家と共同で書いた本は？

一九三〇年にBBCは画期的なラジオ・ドラマ「屛風のかげに」を企画した。六話から成る長篇作品で、各話を六人の作家がリレー形式で担当するという大胆なもので、アガサのほかに、ドロシイ・L・セイヤーズ、アントニイ・バークリイら錚々《そうそう》たる顔ぶれが参加し、大好評を博した。二匹目のドジョウを狙ったBBCは、翌年「ザ・スクープ」を企画する。中心となったのはセイヤーズで、アガサのほかにもF・W・クロフツらが参加したが、放送のわずか一カ月前に打ち合わせがなされる状態で、執筆者たちは厳しいスケジュールに苦しめられた。その割に報酬は安く、アガサはこのあとのBBCの企画には参加を拒んでいる。

一九三一年に刊行された、同様の趣旨の長篇小説『漂う提督』にも、アガサは参加している。十三人もの作家が参加し、ボートに乗って漂着した他殺死体の謎をリレー形式で解明してゆく作品。各作家は、前の作家が想定した解決を知らないまま自分の分を執筆するという凝った趣向で、アガサは第四章を担当した。この作品は、当時の作家たちの親睦団体〈デテクション・クラブ〉の運営資金捻出のために企画され、序文も書いているセイヤーズが引っ張ったものだったが、結局印税はクラブに入らなかったという。

アガサと同時代の大物女流作家で「四大女流」などと並び称されることが多い（あとの二人はマージェリー・アリンガムとナイオ・マーシュ）セイヤーズは、〈デテクション・クラブ〉のオピニオンリーダー的役割を担っていた。同年代でありながら万事に積極的なセイヤーズは、アガサには苦手な存在だったのだろう。苦労が多く報酬の少ない合作企画に渋々（?）参加したのも、烈女と伝えられるセイヤーズに引っ張り込まれたのかもしれない。

ドロシイ・L・セイヤーズ

# 82
## 唯一の懸賞小説「マン島の黄金」とは？

イギリスとアイルランドの間、イギリス諸島の中央に位置する「マン島」は、長さ五十キロメートル、幅二十キロメートルの楕円形の島で、UKに属さない独立国だ。オートバイのTTレースの開催地としても有名である。

一九二九年の冬。マン島の観光客誘致を目的とする〈六月行動委員会〉の委員長だったアーサー・B・クルックオール氏に、ある変わったアイディアが閃いた。マン島には昔から秘宝伝説があり、探偵小説に手がかりを盛り込んで宝探しを企画したら、観光客のいい呼び水になるのではないか。委員会での討議の結果、問題の探偵小説の書き手としてアガサに白羽の矢が立った。一九三〇年四月末に、アガサはマン島の知事公邸に数日間滞在し、クルックオール氏と宝探しについて協議を重ねた。そして、五月末から五回にわたってマンチェスターの新聞である《デイリー・ディスパッチ》紙に連載されたのが、懸賞小説「マン島の黄金」である。

この小説では、ジュアンとフェネラという年若い従兄妹同士のカップルが、資産家の伯父の遺産を受け継ぐことになるのだが、その茶目っ気あふれる伯父が、生前発見したある宝をマン島のどこかに隠したので、近親者で競って見つけるようにと遺言したから、さあ大変。伯父の遺した手がかりに従って、謎を解いて宝探しをすることになる。

さて、現実の宝探しはなかなか難航したようだ。少々難しすぎたことと、島民の参加が認められなかったことが理由の一端だろうか。ともあれ、小説のほうには、手がかりの解説も付いているので、安心して文字の上の謎解きに挑んでみてほしい。

マン島風景

# 83 クリスティーとクリスマスの関係は？

クリスマス・ストーリーはイギリスの短篇のいわば定番。当然短篇の名手でもあるクリスティーも作品を執筆した。その代表作「クリスマス・プディングの冒険」や長篇『ポアロのクリスマス』など、クリスマスを題材にした作品を発表し、クリスマスの華やかな時に起きる殺人事件を対照的に表わした。

後年のクリスティーは、毎年冬から春にかけて新作を執筆し、脱稿すると夏はグリーンウェイ・ハウスで過ごし、その間と秋に次作のプロットを練る、というのが一年のスケジュールだったようだ。新作は誕生月の九月から遅くても十一月には出版され、〝クリスマスにクリスティー〟の惹句で販売された。ファンはその時期を楽しみに待ち、友人にプレゼントしたりした。

著作の中でクリスマスを題材にした作品といえば、アガサ・クリスティー・マローワンの名前で出版された『ベツレヘムの星』（一九六四）をはずすことができない。自身、本書の刊行をとても喜んでいたようで、原著のカヴァーを常にチェックしては不満を述べていたクリスティーが、この本のカヴァーと挿絵に関しては非常に満足していたという逸話がのこっている。

表題作「ベツレヘムの星」をはじめ、短篇六篇と詩四篇が収められ、その根底には聖書のモチーフがあり、どれもが寓話的な内容となっている。冒頭にはクリスティーによる「ごあいさつ」が載せられているが、薪が燃え、動物たちが騒ぎだし、天使が空に舞う、といったクリスマスのファンタジックな雰囲気を鮮やかに詩的にまとめている。読者の評判もよく、サインを頼まれる数の多さにクリスティーは嬉しい悲鳴をあげたという。

# 84 クリスティー作品は何カ国で出版され、どのくらい売れているか？

世界中で今現在この瞬間も着々と売れ続けているのだから、正確な数字はもちろんわからない。

一九八四年発表の公認伝記『アガサ・クリスティーの生涯』（ジャネット・モーガン著／深町眞理子・宇佐川晶子・訳／早川書房）に引用された数字を紹介してみよう。ユネスコが一九八〇年に発表した資料によれば、一九二〇年の『スタイルズ荘の怪事件』以降に世界中で売れたクリスティー作品は四億冊にのぼるという。翻訳は五十以上の言語におよび、彼女の著作権の大半を管理する〈アガサ・クリスティー・リミテッド〉によれば、一九八〇年代には一年間の総売上高は百万ポンド以上だという。四億冊というのは、気の遠くなるような数字だが、これも二十年以上前の数字であり、その後の売上が同じペースで伸びているとしたら、すでに五億冊を上回っているのではないだろうか。五十以上の言語で翻訳されているといわれてもピンと来ないかもしれない。国際言語研究協会（ＳＩＬ）によれば、世界には六千五百種類の言語があるといわれるが、あくまで学術上の分類であり、文字表現がきちんとしていないもの、実際には存在するだけで使用されていないものも多いと思われる。日本聖書協会が所蔵している世界各国語の聖書は五百種類以上の言語に及ぶが、これはラテン語や古代語などの古典言語をふくむもの。東京外国語大学語学研修所編の『世界の言語ガイドブック』（一九九八年／三省堂）は、世界の主要言語を取り上げた一般向け言語入門書だが、ここで取り上げているのが四十五カ国語であることを考えると、クリスティー作品の翻訳が五十以上の言語で成されているのがいかに凄いことかわかるだろう。

クリスティー作品を指して、よく「聖書とシェイクスピアの次に多く印刷されている」というフレーズを使うが、今日の日本の書店では明らかに聖書やシェイクスピアより多く売られているのだから、世界一と呼んでもいっこうに差し支えないだろう。

イタリア版
『ひらいたトランプ』

ポルトガル版
『予告殺人』

# 85

## 初演が一番成功した戯曲は？

一九五三年九月二十六日の夜にノッティンガムで幕を開けた「検察側の証人」は、非常に大胆かつリスクの大きい芝居だった。同名の短篇作品（『死の猟犬』に収録）を戯曲化したもので、ピーター・ソーンダーズ（「ねずみとり」のプロデューサー）とともに脚色していたが、彼の最初の草稿に対してクリスティーは原作とは異なる大胆きわまりない結末を提案した。芝居の大団円を法廷場面とし、大きなどんでん返しを加えたのだ。だが、そのために出演者は三十人にもおよび、ふたつ必要とされる舞台セットのひとつは中央刑事裁判所の複製ということで、非常に予算のかさむ芝居になっている。上演をプロデュースしたソーンダーズはこうした費用面に相当の懸念を持っていたうえ、十月二十八日からのロンドン公演には非常に大きな劇場しか確保できなかったため、当初は悲観的だったという。

だがすべては杞憂に終わった。芝居はセンセーショナルな成功を収めたのだ。クリスティーは「初日の夜を楽しめた」のは、この芝居だけだったと述懐している。出演者一同と観客のすべてが、ボックス席にいたクリスティーに拍手を贈ったのだ。ロンドン公演は四百六十八回。翌一九五四年の十二月にはニューヨークで上演され、二年近いロングランを続けた。クリスティーの芝居でアメリカでも成功をおさめたのは、この作品と「そして誰もいなくなった」だけである。

ハリウッドもこの作品に目をつけ、一九五七年に映画化された。今日でもクリスティー映画の最高傑作といわれる、ビリー・ワイルダー監督の「情婦」である。

「検察側の証人」の舞台稽古を訪れるクリスティー（左）

# 86

## もっともロングランを続けている戯曲は？

ロンドンのセント・マーティンズ劇場で上演されている「ねずみとり」が、世界最長のロングラン演劇であることは、すでに有名な話だ。一九五二年の十月にノッティンガムで初演され、その後十一月二十五日からロンドンのアンバサダー劇場へうつり、ロングランがスタート。一九七四年三月二十五日からは隣接するセント・マーティンズ劇場で上演されている。すでに初演から五十年以上が過ぎ、現在もまだ進行中。初演時の主役は、その後は映画監督としても成功したリチャード・アッテンボローと、その妻シーラ・シム。その後何度かキャストは交替したが、二〇〇二年十一月二十五日に記念すべき五十周年を迎えた時点での公演回数が二万八百七回で、現在も着々とこの数字は伸びている。

この作品の原型は、一九四六年に放送された短いラジオ・ドラマ「三匹の盲目のねずみ」。国王ジョージ六世の母であるメアリー皇太后の所望によってＢＢＣがクリスティ

「ねずみとり」を上演しているセント・マーティンズ劇場

ーに依頼、五月二十六日に放送されている。その後短篇小説となり、アメリカの《コスモポリタン》誌に掲載され、アメリカ版の短篇集には収録されたが、クリスティーは当初イギリスでは「ねずみとり」が劇場にかかっている間は、観客に失望を与えないために、短篇集への収録を認めなかったという（クリスティー文庫では『愛の探偵たち』に収録）。この芝居はクリスティーの誇りとなっていたが、ロングランの節目ごとに行なわれた記念パーティは、社交が苦手のクリスティーには嬉しくなかったようだ。

ちなみにこの芝居からの収益は、クリスティーによって、ただ一人の孫のマシュー・プリチャードに贈られている。

# 87 クリスティー劇は日本でも人気がある？

「ねずみとり」は、一九八二年にＰＡＲＣＯ西武劇場（出演　細川俊之など）、一九九三年にサンシャイン劇場（出演　平栗あつみ、など）、二〇〇二年に武蔵野芸術劇場（出演　石塚奈津美など）で公演された。二〇〇三年には「マウストラップ」の上演名で三百人劇場で上演された（出演　内海光司など）。上演後に流される「この結末は誰にも話さないでください」というアナウンスがミステリ的な余韻をのこした。

『検察側の証人』は、一九八〇年にＰＡＲＣＯ西武劇場で「情婦―検察側の証人―」の題で上演された。これは市川崑による演出で、岸恵子などが出演した。一九八五年には俳優座（出演　片岡静香など）、一九九六年には近鉄劇場（出演　安寿ミラなど）、二〇〇二年にはルテアトル銀座（出演　麻実れい、など）で上演された。

「蜘蛛の巣」は、一九九三年にサンシャイン劇場（出演　剣幸など）、一九九四年にアートスフィア（出演　藤田朋子など）、二〇〇一年に東京グローブ座（出演　久世星佳など）で上演された。

「そして誰もいなくなった」は一九九三年にサンシャイン劇場（出演　かとうかずこ、など）、一九九四年に近鉄劇場（出演　涼風真世など）、一九九九年に東京グローブ座（出演　三浦洋一など）、二〇〇〇年にアートスフィア（出演　筒井康隆など）、二〇〇三年にシアターアプル（出演　山口祐一郎など）で上演された。

その他、二〇〇四年には『ナイルに死す』の劇場版「ナイル殺人事件」がル テアトル銀座で上演され（出演　北大路欣也など）、「春にして君を離れ」が博品館劇場で上演された（出演　大和田伸也など）。

「ナイル殺人事件」のポスター

# 88

## 一番最初に映画化された作品は？

ドイツで28年に製作された無声映画“Die Abenteur G.M.B.H.”。クリスティーが22年に発表した二作目『秘密機関』に基づく作品で、日本未公開。一九二六年十二月の十日間に及ぶ彼女の失踪事件は国際的なスキャンダルとなっており、その話題性に便乗した企画とも言われている。オルプリッド・フィルム社が製作。残念ながら、フィルムはすでに消失しており、脚本家の名前すらわかっていない。内容は原作どおり、ロンドンを舞台にトミーとタペンスが国際謀略にまきこまれるというもの。監督のフレッド・サウエルは、もともと俳優だったが、15年に監督に転じた人物。日本では「沙漠の掟」なるドラマが公開されている。イタリア人俳優のカルロ・アルディーニとイギリス人女優イヴ・グレイがそれぞれトミーとタペンスに扮している。アルディーニは曲芸師出身で、イタリアだけでなくドイツでの仕事も多く、24年のドイツ映画「阿修羅王国」ではギリシャの英雄アキレスを演じている。グレイはアルフレッド・ヒチコック監督の「下宿人」

でデビュー（被害者役、クレジットなし）し、イギリス映画「ムーラン・ルージュ」でムーラン・ルージュの花形踊り子の娘役を演じている。他にコナン・ドイル原作のホームズもの“Silver Blaze”、ラルフ・インス監督の“Murder at Monte Carlo”や、オースティン・トレヴァー主演のポアロもの“Alibi”“Black Coffee”を撮ったレスリー・ヒスコット監督の“Death on the Set”“Three Witnesses”といった犯罪テーマの作品に多く出ていた。なお、原作は五十七年後の85年にイギリスでテレビ・ドラマ化されている。こちらではジェームズ・ワーウィックとフランセスカ・アニスがトミーとタペンスを演じていた。

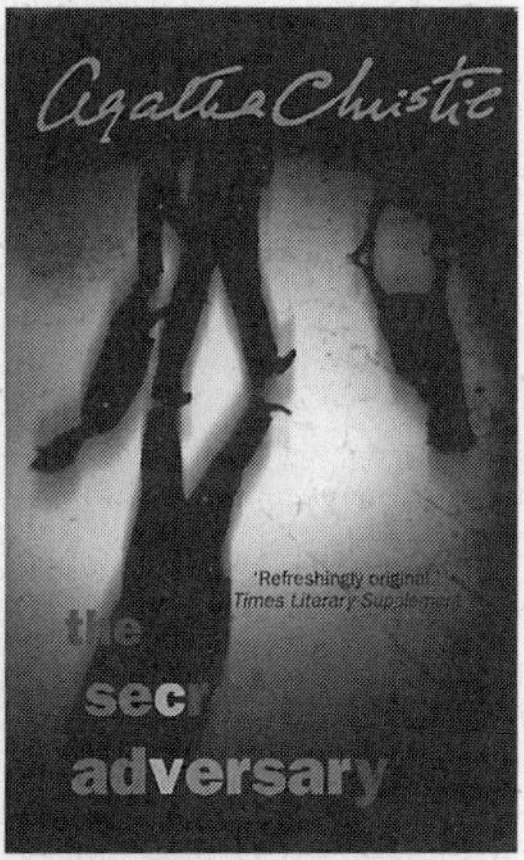


『秘密機関』原書

# 89

## ポアロを演じた男優の名は？

オースティン・トレヴァー、マーティン・ゲイブル、トニー・ランドール、アルバート・フィニー、ピーター・ユスティノフ、イアン・ホルム、デビッド・スーシェ、コンスタンチン・ラジキン、アルフレッド・モリーナで、全部で九人。トレヴァーは30年代に"Alibi""Black Coffee""Lord Edgware Dies"の三本に主演。ゲイブルは62年に米CBS-TVの半時間番組「ゼネラル・エレクトリック・アワー」の「ダウンハイム失踪事件」に基づくエピソードでポアロを演じている。ランドールはコメディ仕立ての"The Alphabet Murders"で、アルバート・フィニーは「オリエント急行殺人事件」でそれぞれ一回ずつ。ピーター・ユスティノフは「ナイル殺人事件」「地中海殺人事件」「死海殺人事件」と三回演じ、その人気を生かしてTVでも「エッジウェア卿殺人事件」「死者のあやまち」「三幕の殺人」で三回演じている。もっともアメリカで製作されたせいもあって、ポアロらしさは希薄だった。ホルムはTVの"Murder by the Book"で。

クリスティーとポアロが対決するという番外篇的な内容だった。TVではデビッド・スーシェの方が有名。イギリスで製作されているだけに、ディテールや雰囲気に本物らしさが感じられた。50分のシリーズ作品のほかに長篇版にも十七本（04年現在）に出演。「スパイダーマン2」で悪役のドクター・オプに扮したアルフレッド・モリーナは01年の“Murder On The Orient Express”で、ポアロを演じている。映画とは異なり、現代に舞台を移し、ソフトウェア王の娘を誘拐・殺害したラチェットがオリエント急行で殺される。ポアロは灰色の脳細胞とともにノートPC、パームPC、ビデオを駆使して犯人を突き止めた。ロシアのラジキンは『アクロイド殺し』に基づく02年のテレビ・ドラマ“Neudacha Poirot”でポアロに扮している。

映画「ナイル殺人事件」のポスター

# 90

## マープルを演じた女優の名は？

グレイシー・フィールズ、マーガレット・ラザフォード、インゲ・ランゲン、アンジェラ・ランズベリー、ヘレン・ヘイズ、ジョーン・ヒクソンで、計六人。フィールズは56年のTVドラマ“A Murder is Announced”で。ラザフォードは四本の映画“Murder, She Said”“Murder at the Gallop”“Murder Most Foul”“Murder Ahoy”で演じているが、その豊満な体格は小説のマープルとはほど遠く、クリスティー自身も「いつ見ても、私には警察犬のように思える」と述べている。70年、『牧師館の殺人』を西ドイツで“Mord im Pfarrhaus”の題でTV化した際にはインゲ・ランゲンが演じていた。「オリエント急行殺人事件」をヒットさせたEMIは80年に「クリスタル殺人事件」を製作。いささか元気よすぎるマープルを演じたのがアンジェラ・ランズベリー。続篇への出演契約も結ばれていたが、興行的な失敗で、EMIのマープル企画は一本に終わってしまった。その後、マープルものの映画はなく、テレビ・ドラマが続くことになる。アメリカのヘレン・ヘイズが「カリブ海殺人事件」「魔術の殺人」でマープルを演じていた。「書斎の死体」でスタートしたBBCのテレビ・ドラマシリーズではジョーン・ヒクソンが演じているが、彼女こそ極めつきのマープルと言っていいだろう。ヒクソンは控えめだが、ちょうどいい時にちょうどいい場所にいて重要な手がかりを見聞し、不可解な謎を解くマープルにふさわしい雰囲気を漂わせていた。「動く指」「予告殺人」「ポケットにライ麦を」「牧師館の殺人」「復讐の女神」「スリーピング・マーダー」「バートラムホテルにて」「パディントン発4時50分」「カリブ海の秘密」「魔術の殺人」「鏡は横にひび割れて」でマープルを演じた。

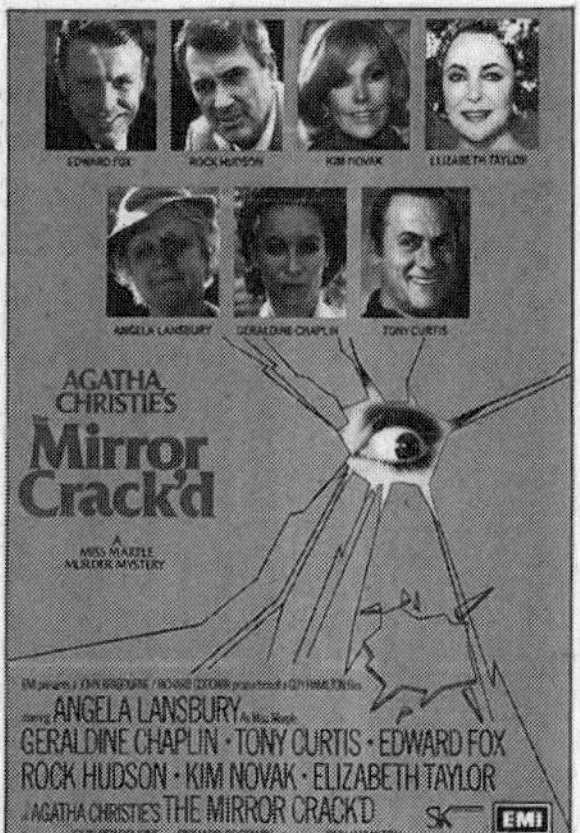

「クリスタル殺人事件」のポスター

# 91 クリスティー映画に出てくるスターたちは？

ミステリ映画は探偵、警官、それに数人の容疑者に有名俳優を配する場合が多い。例えば『そして誰もいなくなった』の映画化では、消えていく十人にそれなりのスターが出演していた。だが、普通の映画ファンがよく知っている有名スターの出た作品となると、まず「情婦」が上げられるだろう。弁護士ウィルフリッド卿にチャールズ・ロートン、被告にタイロン・パワー、そして謎の女性にマレーネ・ディートリッヒが扮していた。ディートリッヒは舞台を見て以来、この役を熱望。「変装シーンのために私たちの家にきてはスカーフ、ショール、かつらをとっかえひっかえ試し、ロートンからコックニー訛りを習った」とウィルフリッド卿の専属看護婦を演じ、実生活ではロートンの妻だったエルザ・ランチェスターは証言している。60年代にマープルを演じたマーガレット・ラザフォードはコメディ演技に秀でた女優で、「予期せぬ出来事」でアカデミー賞の助演女優賞を受賞し、クリスティーと同じようにデイムの称号を授与されている。70

年代、クリスティーから映画化権を得たＥＭＩはオール・スターを集めることで映画にグレードを与えようと、「オリエント急行殺人事件」にアルバート・フィニー、ローレン・バコール、イングリッド・バーグマン、ショーン・コネリー、ジャクリーン・ビセット、ジョン・ギールグッド、ウェンディ・ヒラーら、そうそうたるメンバーを集めて、作品的にも興行的に大成功を収めた。以後の「ナイル殺人事件」ではベティ・デイヴィス、マギー・スミス、「クリスタル殺人事件」ではアンジェラ・ランズベリー、トニー・カーティス、エリザベス・テイラー、キム・ノヴァク、「死海殺人事件」ではローレン・バコール、キャリー・フィッシャー、ジョン・ギールグッドらが出演し、見事なアンサンブル効果を挙げていた。

「オリエント急行殺人事件」のポスター

# 92 クリスティー作品を映画化した著名監督は？

クリスティーの映画化を手がけた著名監督といえば、次の三人が挙げられる。「そして誰もいなくなった」のルネ・クレール、「情婦」のビリー・ワイルダー、「オリエント急行殺人事件」のシドニー・ルメット。

クレールは一八九八年にフランスのパリで生まれ、ジャーナリストを経て俳優となり24年に監督に転じてSFコメディ「眠れるパリ」を発表。以後「巴里の屋根の下」「ル・ミリオン」「巴里祭」など、ウィットにとんだスタイリッシュな風刺劇、ファンタジー、コメディを監督。第二次大戦の戦火を避けて41年に渡米し45年に「そして誰もいなくなった」を監督。戦後、フランスに戻り、「夜ごとの美女」他を撮り、81年に亡くなった。

ワイルダーは一九〇六年にオーストリアのウィーンで生まれた。クレール同様にジャーナリストを経てドイツ映画界に入り、29年の「日曜の人々」（未公開）の製作に参加した。彼のほかにこの映画に加わったロバート・シオドマク、エドガー・G・ウルマー、フレッド・ジンネマンは全員渡米している。彼も33年に渡米し、エルンスト・ルビッチ作品の脚本家となり、42年に監督デビュー。洒落たタッチのコメディに本領を発揮し、ミステリ畑でも「情婦」のほか、「深夜の告白」「シャーロック・ホームズの冒険」「悲愁」などを手がけている。

ルメットは一九二四年、米フィラデルフィアの生まれ。イディッシュ語の劇に出演し、ブロードウェイからTVへと転進。「12人の怒れる男」で有名になり、その映画版で監督デビュー。以後は「女優志願」他の舞台劇の映画化、「質屋」「狼たちの午後」「ネットワーク」「グロリア」などを撮る。「セルピコ」「プリンス・オブ・シティ」「Q&A」「NY検事局」といった警官や検事が主人公の作品も多い。

ルネ・クレール監督
「そして誰もいなくなった」より

# 93 日本でのクリスティー初訳は？

クリスティーのデビュー作は、一九二〇年の『スタイルズ荘の怪事件』だが、では彼女の作品が日本に紹介されたのは、いつなのだろうか？

わが国の探偵小説史を語るうえで欠かせないのが、森下雨村を初代編集長として大正九年（一九二〇年）に創刊された《新青年》。青年向けの読物雑誌としてスタートを切り、海外ミステリの翻訳で好評を博した。のちには江戸川乱歩、横溝正史、夢野久作らを輩出している。奇しくもクリスティーの作家デビューと同じ年に誕生したこの雑誌が、日本で最初にクリスティー作品を翻訳紹介したのも、何かの縁かもしれない。

《新青年》大正十三年（一九二四年）五月号から連載された「ポアロの頭」が、記念すべきクリスティーの日本初紹介である。これは、同年刊行の『ポアロ登場』に所収された短篇作品を連続紹介したもので、記念すべき第一回は「メンタルテスト」、すなわち「マースドン荘の悲劇」。続いて六月号に「總理大臣の失踪」、七月号に「海邊の出來事」、八月号に「クラブのキング」、九月号に「別荘の悲劇」、十月号に「チヨコレエトの函」の計六篇が掲載され、翌年には『クラブのキング』として六篇を加えた短篇集が刊行されている。掲載時の訳者は河野峯子となっているが、これは『クラブのキング』の訳者である延原謙の別名義であったらしい。

ちなみに長篇の初紹介は、雑誌《苦楽（クラク）》昭和二年（一九二七年）九月〜十月号に掲載された『アクロイド殺し』の抄訳である。訳者は作家の松本泰。のちに夫人の松本恵子により完訳されている。

# 94

## 田村隆一のクリスティー観とは？

田村隆一の名は、クリスティー・ファンにとって非常に親しいものだろう。新しいクリスティー文庫でも田村隆一訳は、最多の十五冊を数える。クリスティーの作品の多くが、田村隆一訳でポケミス版、ミステリ文庫版、そしてクリスティー文庫版と読み継がれてきたことになる。

田村氏が初めてクリスティーを翻訳したのは一九五〇年頃。府立五中の同級生、加島祥造の紹介で早川書房の世界傑作探偵小説シリーズ（ポケミスの前身の上製本シリーズ）に収録された『三幕の殺人』『シタフォードの秘密』『予告殺人』を訳した。これがきっかけで、一九五三年に編集者として早川書房に入社し、同年九月からスタートしたポケミス刊行に携わった。クリスティー作品の翻訳権の交渉なども田村氏が行なったとのことだ。

ミステリマガジンでは一九八四年の一年間、田村氏がホストになり、クリスティーに詳しい人たちと対談する「田村隆一のクリスティー・サロン」を連載した。

田村氏の持論は、ミス・マープルとポアロは、人間性への観察と幾何学精神、村と都会、伝統と文明、草花の匂いと香水、毛糸の編み物とパズルというようにまるで正反対、その正反対のポアロとマープルの両方を産んだことがクリスティーのすごいところだ、というものだった。もっとも、英国に生まれ育ったクリスティーの真骨頂はミス・マープルにあると考え、ロンドンから一時間半ほどのセント・メアリ・ミード村を東京から小一時間の、田村氏の住いのある鎌倉になぞらえて、ミス・マープルに親近感を抱いていたようだ。

テレビの「ワーズワースの庭」でセント・メアリ・ミード村を探す番組に出演し、村の老婦人とおしゃべりしたりしたこともある。ミステリマガジンの求めに応じて、詩人・田村隆一氏は詩「死体にだって見おぼえがあるぞ」を寄せ、その一節でこう書いた。

ミス・マープルに観察されたものと想像されたものが
　ぼくらを酔わせてくれるのさ
イングランドの秋の光のようなシェリイの味

田村隆一氏

# 95

## 日本人作家が〝クリスティーに捧げた〟作品があるか？

日本人作家が物語を作るうえで影響を受けたり、クリスティーのキャラクターを作品に登場させたりと、じつにバラエティ豊かな作品が発表されている。

アガサ・クリスティー生誕百年記念として《ミステリマガジン》一九九〇年十月号に掲載されたのは、栗本薫氏の短篇「ラストサマー――クリスティーのように――」。クリスティーの失踪事件をモチーフに、女性ミステリ作家の心理が鮮やかに描き出されている。

西村京太郎氏は、ポアロ、メグレ、エラリイ・クイーン、明智小五郎といった稀代の名探偵四人が集い難事件に挑むという斬新なシリーズを発表した（一九七七年『名探偵なんか怖くない』、一九八〇年『名探偵が多すぎる』、一九八二年『名探偵も楽じゃない』、一九八三年『名探偵に乾杯』）。

名作『そして誰もいなくなった』も日本人作家にはおなじみである。今邑彩氏の『そして誰もいなくなる』（一九八六）は、女子高で演劇「そして誰もいなくなった」の舞台上で殺人が起きるという筋立て。夏樹静子氏の『そして誰かいなくなった』（一九九二）は豪華クルーザーの招待客が次々と殺されてゆくという筋立てになっている。

最近作では飛鳥部勝則氏が『レオナルドの沈黙』（二〇〇四）で、降霊会に人々が集い、美形の霊媒師の予告殺人によって事件が幕をあけるという、クリスティーの本格ミステリ・サスペンス作をにおわせる作品を発表している。

ちなみにクリスティー自身も、「婦人失踪事件」（『おしどり探偵』所収）という短篇で、ホームズの推理法を登場人物が駆使するといった形で、コナン・ドイルに作品を〝捧げて〟いる。

東京創元社刊

# 96 クリスティー作品を最も多数手がけたイラストレーターは？

真鍋博とトム・アダムズ。

二〇〇四年、大阪と東京で催された真鍋博展は、多くの人に感動を与えた。たとえ真鍋博の名をよく知らない人でも、会場を埋めつくした〝本〟という作品を見て、「あっ、これも、あれも真鍋さんの作品だったのか」と自分の過去と真鍋博の絵との出会いを回顧することができたからだ。

アシモフ、クラーク、ディック、筒井康隆、小松左京、星新一などSFの装幀、ヴァン・ダイン、クイーン、ル・カレ、クライトンなどミステリの装幀、ミステリマガジンとSFマガジンの表紙やイラスト。なかでも圧巻なのは八十五点を一堂に展示したハヤカワ・ミステリ文庫のアガサ・クリスティーの表紙だ。

奇しくも真鍋博がアガサ・クリスティーの文庫の表紙を作りはじめたのは、女史が八十五歳で亡くなった一九七六年。そして展覧会では八十五冊のクリスティー作品が並べられていた。（もっとも、展示の末尾の『スリーピング・マーダー』以降、『自伝』上下、『ブラック・コーヒー〔小説版〕』の三点を装幀しており、総数は八十八点）

ファンにとってはクリスティーと真鍋博は切り離せない存在だろう。「『アガサ・クリスティーのハヤカワ・ミステリ文庫の全作品のカバーを描いた』ということは、私の勲章である」と真鍋博は語っている。

イギリスのトム・アダムズは、一九六一年の『予告殺人』に始まって、約二十年間、アガサ・クリスティーのペーパーバック版の装画を描きつづけた。シュールレアリズム風のリアルな画風である。その総数は九十枚を超えるという。その仕事は『トム・アダムズ アガサ・クリスティー・イラストレーション』（早川書房刊）に収められている。

真鍋博装幀のハヤカワ・ミステリ文庫版

# 97

## クリスティー印の商品がある？

アガサ・クリスティー・ファンクラブの機関誌であるウィンタブルック・ハウス通信には、クリスティーの名を冠したお店が紹介されている。原宿竹下通り横の紅茶専門店〈クリスティー〉では四十種類の紅茶があり、盆の上に紅茶入りのポット、カップ、ティー・ストレイナー、ミルク・ジャグを載せた英国風スタイルで紅茶が出される。店主が『バートラム・ホテルにて』を読んで感銘を受け、命名した（同通信二十七号、一九八四年九月）。〈ペンション・ポアロ〉は伊豆高原にある。『カーテン』を読んだオーナーが感銘を受け、命名したという。当初は「ポアロ」の表記にするか、「ポワロ」の表記にするか迷ったという（同通信三十二号、一九八六年十二月）。

モンブラン社からクリスティーの名を冠した特別仕様万年筆が発売された。この万年筆は、クリスティーへの敬意の証として作られたと言われ、その名も〈アガサ・クリスティー〉。黒のボディに純銀の蛇のキャップ、その蛇の目には赤色の天然ルビーが使われ、キャップには〝アガサ・クリスティー〟の署名が刻まれている。ちなみに同社から文豪シリーズとして〈オスカー・ワイルド〉と〈ヘミングウェイ〉も発売されている。

日本国内の洋服ではSt.mary mead co.ltd社のブランド〈Jane Marple〉が有名。ファッション誌でも取り上げられ、一大ブランドとして熱い支持を得ている。札幌から福岡まで全国に十三店を展開している。

早川書房本社一階には喫茶〈クリスティ〉がある。特製の紅茶が用意され、クリスティーに関するパネルを常設、クリスティー文庫を自由に閲覧することができる。

モンブラン社の特別仕様万年筆
〈アガサ・クリスティー〉

# 98

## アガサ賞とは？

アガサ・クリスティーのミステリ界への業績を讃えて創設された、アメリカのミステリ賞。受賞作は、クリスティーの作品に代表されるコージー・ミステリへの発展と普及のために、一九八九年に創設されたアメリカの非営利団体〈マリス・ドメスティック〉（会員は作家やボランティア）が、まず年明けに、その前年に発表されたミステリの中から各賞につき五作品をノミネートし、さらにその五月、同団体が主催する大会において、大会出席者の投票により選出される。賞の部門は、長篇賞、新人賞、短篇賞、犯罪実話賞、ヤング・アダルト賞、生涯功労賞がある。対象となる作品は、セント・メアリ・ミード村のような、登場人物がみんな顔見知りの限定された地域で起きる事件を、ミス・マープルがそうであったように、アマチュア探偵が解決するというもの。過激なセックス&バイオレンスの描写は御法度だ。授与されるトロフィーは、ティーポットに髑髏マークがついていておしゃれ。

記念すべき第一回の受賞作は、長篇賞がキャロリン・G・ハートの『舞台裏の殺人』、新人賞がエリザベス・ジョージの『大いなる救い』だった。また、生涯功労賞の初回の受賞者には、児童向けミステリで有名なナンシー・ドルー・シリーズの最初の執筆者、ミルドレッド・ミート・ベンソンが輝いている。

蛇足になるが、アガサ賞は、同じ作家が何回でも受賞できるため常連作家が複数いる。二〇〇四年の時点で、マーガレット・マロンが五回、キャロリン・G・ハートとナンシー・ピカードが三回、ドナ・アンドリューズが二回の順で多く受賞している。

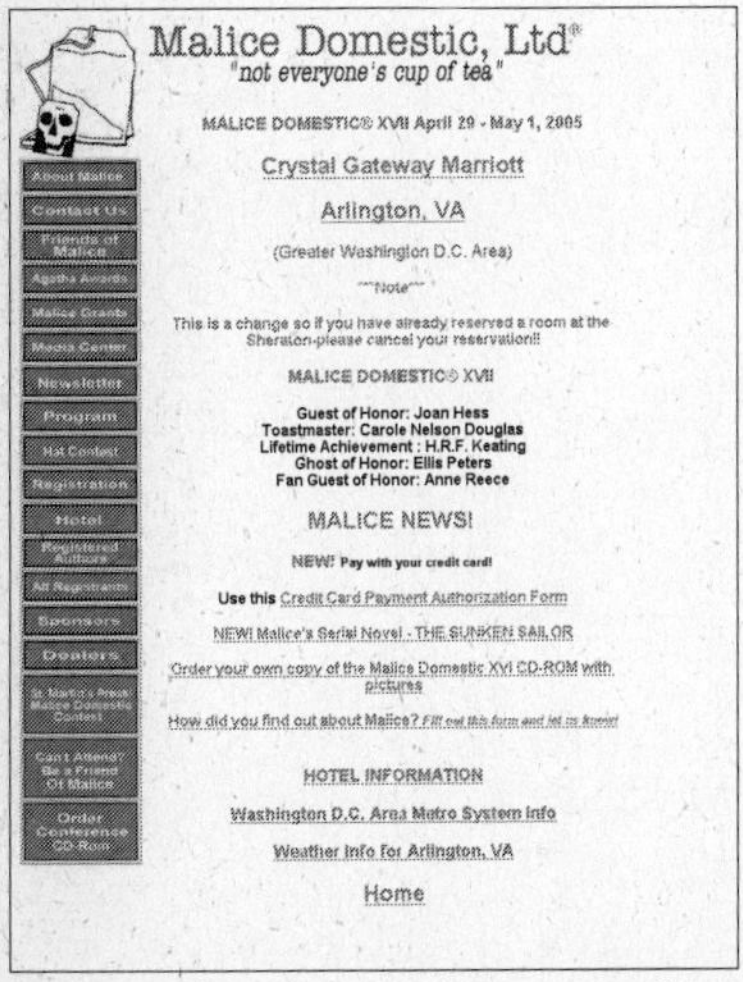

マリス・ドメスティック・ホームページ

# 99 クリスティー自身のお気に入りの自作とは？

数あるクリスティー作品のうち、何を最初に読もうか（できれば全部読むのが好ましいが……）？ こうした読者への指針になるのが、ベストテンの選定。過去にもクリスティー作品のベストについてはいろいろの試みがあるが、ここはやはり、作家本人のおすすめを聞くのが一番確かだろう。

一九七二年に数藤康雄氏の質問に答えて選んだベストテンは、こうだ（ただし「その時々の気分で変わる」という注釈がついている）。

『そして誰もいなくなった』
『アクロイド殺し』
『オリエント急行の殺人』
『予告殺人』

『火曜クラブ』
『ゼロ時間へ』
『終りなき夜に生れつく』
『ねじれた家』
『無実はさいなむ』
『動く指』

一九七二年といえば、これ以降に書かれた作品は『運命の裏木戸』くらいなものなので、あとはこの時点ではすでに書かれていたものの未発表だった『カーテン』『スリーピング・マーダー』が加わるかどうかだろう。かなり評論家や読者サイドから見たものと違いがあるのが、逆に興味深い。順位こそついていないが、「私のベスト作品は次に書く作品である」なんてはぐらかすことがなかったのが、クリスティーらしいといえようか。

乱歩が選んだベストエイト
●『そして誰もいなくなった』
●『白昼の悪魔』
●『三幕の殺人』
●『愛国殺人』
●『アクロイド殺し』
●『ゼロ時間へ』
●『シタフォードの秘密』
●『予告殺人』
（順位なし）

江戸川乱歩が選んだベストエイト

# アガサ・クリスティーの魅力

棋　士
羽生善治

私がアガサ・クリスティーの作品を初めて読んだのは高校一年生の頃でした。きっかけはテレビでやっていた映画でそれがクリスティーの「オリエント急行殺人事件」でした。それまで私は推理小説を読んだことはあまりなく、読んだといっても小学生の頃に図書館に置いてあった江戸川乱歩のシリーズぐらいでした。ところが、先程のきっかけから推理小説を読むようになりました。

最初の頃は本屋へ行って立ち寄る場所が一つ増えたので何だか得をした気分でした。さて、そのクリスティーの作品で何と言っても面白かったのは『アクロイド殺し』でした。読み終えるまでトリックが解らず、自分が鈍感で良かったとつくづく思ったのはあの時が生まれて初めてのことでした。もっともあのトリックはアンフェアであるという考えがあるそうですが、それは私にとってはどうでも良いこと。私は基本的には、〝面白ければ何でもあり〟の単純明快な考え方なのです。しかし、あまりにも現実的過ぎるものは好きになれません。確かに実際にはまったく不可能なことがミステリーになってしまうのは困りものですが。私にとってミステリーの面白い所は、例えば『そして誰もいなくなった』のように可能性としてはありえるけれども現実にはまず起こらないという点なのです。言い換えると現実に起こっては困るけれども物語なら面白いということです。

人間の憎悪・嫉妬・怒り・苦しみを第三者の目から客観的に表面だけを経過を追って見ていく。その過程において、こいつは怪しいとか、これは実は部外者だろうとか想像することが楽しいのです。ミステリーの結末はどんでん返しと相場が決まっていますが、今までにそんな形のどんでん返しを見たことがないという時に感動します。第一発見者は偉いのです。

ちなみに将棋のプロがある場面で素晴らしい手を最初に見つけると○○新手と言います。例えば早川さんがその手を見つけたら、〝早川新手〟となります。これは将棋のプロにとって大変名誉なことになります。ミステリーと将棋は先を読むという点では似ていると思います。しかし、将棋が強ければミステリーの展開が読めるかというとそんなことは断じてありません。

「将棋の先生は先が読めるからすぐ犯人が解ってしまうでしょう」とよく人から言われることは多いですけれども。もう一つよく言われることは「将棋のプロの人の頭の中身はどうなっているのだろう。一度中身を見てみたい」

もちろん、これはお世辞も含まれているのでしょうが、私はこういう時に思います。「推理作家の人の頭の中身はどうなっているのだろう。一度、中身を見てみたい」一体、クリスティーの頭の構造はどうなっていたのでしょうか。

私は一時期、試合の前は推理小説を読んでいることが多かった。公式戦は午前十時から始まるので、私は午前八時に家を出て、バス、電車と乗り換えて試合場へ向かいます。その電車に乗っている四十分間を読書の時間と決めていました。寝ぼけている状態から推理小説を四十分間読めば頭もスッキリして最高の状態で試合に臨むことができます。我ながら素晴らしいウォーミングアップだと思って一人悦に入っていたのですが、一回だけ困ったことがありました。普段ならきりの良い所で読みかけにしてまた次の時に読むのですが、その時はちょうどクライマックスの場面で読みかけの時間になってしまい、試合を迎えることになりました。

試合が始まればそれに集中すべきですが、どうも読みかけの本が気になって仕方がありません。そこで、昼食休憩が五十分間あるので昼食もそこそこに続きを読んでしまいました。面白いミステリーは考えものです。もっとも試合中に本を読むのは不謹慎なので、この時の一回だけですが。

このことがあってからはクライマックスで読みかけにならないように気をつけています。また、地方での試合の場合ではその試合の前の日の移動日に読むことが多いです。何かをやっていれば緊張から解放されることになりますから。

これはクリスティーに限らず他のミステリー作家にも言えることと思いますが、人気が出た後にその人気を維持していくことは大変なことのような気がします。例えば私がクリスティーの作品を読んで面白いと思い、別のクリスティーの作品を読む時に前の作品よりも新鮮で面白いものを期待してしまうのです。前と同じぐらいのものでは満足できなくなってしまうのです。そういう意味でのアイデアというか工夫というものに苦労したのではないかと想像します。何十作と書けば当然、出来不出来があるでしょう。これは将棋の世界も同じことです。しかし、ミステリーの場合は偶然、不出来の作品にぶつかった時に〝つまらない、もうこの作家のは二度と読まない〟ということもあるわけで、そこが将棋の世界との違いという気がします。

私は読者というのは作者の苦労も知らずわがままなもので、またそれで良いのだと思います。ミステリーと将棋の決定的な違いというのは、ミステリーというのは人気が結果でありますが、将棋の世界は人気というのが必ずしも結果とは一致しません。これはどちらが良い悪いということもありませんが。実は、私はこのところミステリーはあまり読んでいなかったのですが、これを書いているうちにまたミステリーが読みたくなってきてしまいました。この原稿が書き終わったら本屋へ行ってクリスティーの本を買ってこよう。アガサ・クリスティー生誕百年を機に再びミステリーを読み始めるなんて何となくかっこいいではありませんか。

何だか色々と好き勝手なことを書いてしまった気もしますが、読者というのはわがままなものだということでお許し下さい。

このエッセーは、《ミステリマガジン》一九九〇年十月号（アガサ・クリスティー生誕百年記念増大号）に「アガサ・クリスティー生誕百年を祝して」のタイトルで収録されたものを転載しました。

# あとがき

一八九〇年に生まれたアガサ・クリスティーは、二十世紀の四分の三を生き、読者を楽しませてくれる印象的な作品を数多く残しました。このように長期間にわたって執筆されたクリスティーの多様な作品を読むとき、伝記的な事柄、登場人物、時代背景などについてのエピソードを知ると、同じ作品でもいっそうおもしろく、楽しく読むことができます。本書では、アガサ・クリスティーとその作品について理解を深め、読書の役に立つと思われる雑学的知識を九十九の質問形式にまとめました。また各項目に関連した写真やイラストなどのビジュアルを配し、視覚的にも楽しんでいただける本を目指しました。

本書の質問は、「伝記的事柄」「趣味・その他」「ポアロ」「ミス・マープル」「トミーとタペンス・他」「作品全般」「戯曲・映画・テレビ」「その他」の順で並んでいます。難易度はクリスティー・ファンならだれでも知っている初歩的な質問から、熱心なファンでもなかなか答えられないようなトリビアルな質問までさまざまです。ご自分のクリスティー度を試しながら、クリスティーとその作品にもっと興味を持っていただけるようになればすてきです。

答えの執筆は、1、6、14、16、17、21、80を中村妙子、13、22、23、27、36、39、42、44、49、70、72、75、77を数藤康雄、25、79を小山正、88、89、90、91、92を竜弓人、その他を編集部が担当しました。答えはクリスティー文庫の原典でチェックするなどできるだけ正確を期したつもりですが、不備な点もあるかと存じます。お気づきのことやご意見がありましたら、早川書房編集部『アガサ・クリスティー99の謎』係までお便りをいただければ幸いです。

参考文献、『ポアロとミス・マープル』(矢野浩三郎・数藤康雄編、パシフィカ、一九七八)、『アガサ・クリスティー自伝』(乾信一郎訳、早川書房、一九七九)、『アガサ・クリスティーの生涯』(ジャネット・モーガン著、深町眞理子・宇佐川晶子訳、早川書房、一九八七)、『新版 アガサ・クリスティー読本』(H・R・F・キーティングほか編、早川書房、一九九〇)、『アガサ・クリスティー生誕一〇〇年記念ブック』(深町眞理子ほか訳、早川書房、一九九〇)、『アガサ・クリスティーの誘惑』(芳野昌之著、早川書房、一九九〇)、『鏡の中のクリスティー』(中村妙子著、早川書房、一九九一)、『アガサ・クリスティーと訪ねる南西イギリス』(津野志摩子著、PHP研究所、一九九七)、『名探偵ポワロの華麗なる生涯』(アン・ハート著、深町眞理子訳、晶文社、一九九八)、"Agatha Christie A to Z" (Dawn B. Sova, Facts On File Inc.1996)、アガサ・クリスティー・ファンクラブ機関誌「ウィンタブルック・ハウス通信」他。

早川書房編集部

灰色の脳細胞と異名をとる
# 〈名探偵ポアロ〉シリーズ

本名エルキュール・ポアロ。イギリスの私立探偵。元ベルギー警察の捜査員。卵形の顔とぴんとたった口髭が特徴の小柄なベルギー人で、「灰色の脳細胞」を駆使し、難事件に挑む。『スタイルズ荘の怪事件』（一九二〇）に初登場し、友人のヘイスティングズ大尉とともに事件を追う。フェアかアンフェアかとミステリ・ファンのあいだで議論が巻き起こった『アクロイド殺し』（一九二六）、イニシャルのＡＢＣ順に殺人事件が起きる奇怪なストーリーが話題をよんだ『ＡＢＣ殺人事件』（一九三六）、閉ざされた船上での殺人事件を巧みに描いた『ナイルに死す』（一九三七）など多くの作品で活躍し、最後の登場になる『カーテン』（一九七五）まで活躍した。イギリスだけでなく、イラク、フランス、イタリアなど各地で起きた事件にも挑んだ。

映像化作品では、アルバート・フィニー（映画《オリエント急行殺人事件》）、ピーター・ユスチノフ（映画《ナイル殺人事件》）、デビッド・スーシェ（ＴＶシリーズ）らがポアロを演じ、人気を博している。

好奇心旺盛な老婦人探偵

## 〈ミス・マープル〉シリーズ

本名ジェーン・マープル。イギリスの素人探偵。ロンドンから一時間ほどのところにあるセント・メアリ・ミードという村に住んでいる、色白で上品な雰囲気を漂わせる編み物好きの老婦人。村の人々を観察するのが好きで、そのうちに直感力と観察力が発達してしまい、警察も手をやくような難事件を解決するまでになった。新聞の情報に目をくばり、村のゴシップに聞き耳をたて、それらを総合して事件の謎を解いてゆく。家にいながら、あるいは椅子に座りながらゆったりと推理を繰り広げることが多いが、敵に襲われるのもいとわず、みずから危険に飛び込んでいく行動的な面ももつ。

長篇初登場は『牧師館の殺人』（一九三〇）。「殺人をお知らせ申し上げます」という衝撃的な文章が新聞にのり、ミス・マープルがその謎に挑む『予告殺人』（一九五〇）や、その他にも、連作短篇形式をとりミステリ・ファンに高い評価を得ている『火曜クラブ』（一九三二）、『カリブ海の秘密』（一九六四）とその続篇『復讐の女神』（一九七一）などに登場し、最終作『スリーピング・マーダー』（一九七六）まで、息長く活躍した。

35　牧師館の殺人
36　書斎の死体
37　動く指
38　予告殺人
39　魔術の殺人
40　ポケットにライ麦を
41　パディントン発4時50分
42　鏡は横にひび割れて
43　カリブ海の秘密
44　バートラム・ホテルにて
45　復讐の女神
46　スリーピング・マーダー

冒険心あふれるおしどり探偵

## 〈トミー&タペンス〉

本名トミー・ベレズフォードとタペンス・カウリイ。『秘密機関』(一九二二)で初登場。心優しい復員軍人のトミーと、牧師の娘で病室メイドだったタペンスのふたりは、もともと幼なじみだった。長らく会っていなかったが、第一次世界大戦後、ふたりはロンドンの地下鉄で偶然にもロマンチックな再会をはたす。お金に困っていたので、まもなく「青年冒険家商会」を結成した。この後、結婚したふたりはおしどり夫婦の「ベレズフォード夫妻」となり、共同で探偵社を経営。事務所の受付係アルバートとともに事務所を運営している。トミーとタペンスは素人探偵ではあるが、その探偵術は、数々の探偵小説を読破しているので、事件が起こるとそれら名探偵の探偵術を拝借して謎を解くというユニークなものであった。

『秘密機関』の時はふたりの年齢を合わせても四十五歳にもならなかったが、

最終作の『運命の裏木戸』（一九七三）ではともに七十五歳になっていた。青春時代から老年時代までの長い人生が描かれたキャラクターで、クリスティー自身も、三十一歳から八十三歳までのあいだでシリーズを書き上げている。ふたりの活躍は長篇以外にも連作短篇『おしどり探偵』（一九二九）で楽しむことができる。

ふたりを主人公にした作品が長らく書かれなかった時期には、世界各国の読者からクリスティーに「その後、トミーとタペンスはどうしました？　いまはなにをやってます？」と、執筆の要望が多く届いたという逸話も有名。

47　秘密機関
48　NかMか
49　親指のうずき
50　運命の裏木戸

# アガサ・クリスティー99の謎《なぞ》

〈クリスティー文庫99〉

二〇〇四年十一月二十日　印刷
二〇〇四年十一月三十日　発行

（定価はカバーに表示してあります）

編　者　早川書房編集部
発行者　早　川　　浩
印刷者　大　柴　正　明
発行所　株式会社　早　川　書　房

郵便番号一〇一‐〇〇四六
東京都千代田区神田多町二ノ二
電話　〇三‐三二五二‐三一一一（大代表）
振替　〇〇一六〇‐三‐四七七九九
http://www.hayakawa-online.co.jp



印刷・株式会社亨有堂印刷所　製本・株式会社明光社
Printed and bound in Japan
ISBN4-15-130099-6 C0198